百年・中国
名人演讲

真我如何修养

李石岑 著

中国文史出版社

写在前面

　　过去的一百年风起云涌，波澜壮阔；过去的一百年百花齐放，气象万千。百年动荡，百年征程，百年奋斗。在这一百多年里，来自四面八方的声音响彻历史的天空，我们静心梳理，摒除派别与门户之见，甄选有助于后人多方位展望来路的篇章，于是便有了这套"百年中国名人演讲"。

　　聆听这历史的声音，重温这声音的历史，对于我们认识中华民族一百年来的发展脉络，景仰浩瀚天河中耀眼的先哲星辰，增强继往开来的民族文化自信，都将大有裨益。

演讲者简介

李石岑（1892—1934），原名邦藩，湖南醴陵人。中国现代哲学家。1912年底赴日本留学，1920年初毕业于东京高等师范学校。其间与潘培敏、李大年、丘夫之等在东京发起组织"学术研究会"并编辑出版《民铎》杂志，抨击军阀专权、政治混乱和日本帝国主义的侵略行径，后被日本政府查封。回国后，曾任上海商务印书馆编辑，并兼任《时事新报》副刊《学灯》主笔，后任商务印书馆《教育杂志》主编。1930年底返回上海，先后在中国公学、大夏大学、复旦大学、暨南大学任教。1932年，应约赴中山大学任教。1933年秋，回上海暨南大学任教。1934年10月病逝。重要著作有《中国哲学十讲》《人生哲学》《希腊三大哲学家》《现代哲学小引》《哲学概论》等。

目录

象征的人生 1
评梁漱溟《东西文化及其哲学》 8
科学与哲学、宗教三者之类似点 34
柏格森哲学与实用主义之异点 45
杜威与罗素之批评的介绍 52
人生哲学大要 60
最近心理学上之三派 81
人格之真诠 97
怀疑与信仰 106
教育与人生 114

- *122* 佛学与人生
- *130* 哲学与人生
- *141* 科学与人生
- *161* 尼采思想与吾人之生活
- *169* 青年与我

象征的人生[1]

兄弟屡承贵校函邀讲演美术，实在因为琐务太忙，所以今日才得践约，真是非常抱歉，望诸位原谅原谅！今日所讲演的题目，叫作《象征的人生》。本来这个题目是我许久蓄意要发表的，总因没有相当的机会，所以不曾提出。今天在贵校讲演这个题目，似觉得还相宜。现在先讲"象征"二字的意义。

论美术的本质，是不能一致的：有倡导自然之模仿的，有主张理想之表现的，有描写人生的，有趋重象征的，固然各说有各说的见解。但我以为象征说比他说还要彻底。象征可分两种要素说明：一种是直接要素，就是官能的形象；一种是间接要素，就是精神的意义。间接要素，可以分开做两种内容表示：一种是知的内容，一种是情的内容；前者称作知的象征，也可名为表象象征，后者称作情的象征，也可名为情调象征。

---

[1] 本文是李石岑在上海美术学校女子美术学校共同大讲室的演讲。

知的象征又可细分为简单的知的象征和复杂的知的象征二种。简单的知的象征，可分八类说明：一、色彩象征，如白表纯洁，黑表悲哀，赤表爱情，绿表希望，青表忠实；二、音响象征，如高音表纯洁、神圣，低音表恶人、恶魔；三、数的象征，如三表神，四表世界，七表神和世界；四、形的象征，如直线表静止，曲线表运动；五、花的象征，如蔷薇表爱情，樱草表青年，月桂表胜利；六、动物象征，如鹫表主权，蛇表罪恶，鸠表精灵；七、器物象征，如镰表死，锚表希望，剑表决断；八、手科象征，如佛画中的印相使徒所持物等。这都是借简单外形以表丰富之内容的。再论复杂的知的象征；复杂的知的象征，符号比较的复杂，差不多和内容平行的。譬如讽喻一项，把人类的形状和人事的关系，来表示道德上的格言或认识上的真理。这在艺术上的用例是很多的，所以形象也复杂些，关系不用说更是丰富了。譬如死的象征，在简单的知的象征，是把镰来表示，但在这里，就不得不用骸骨来表示了。德国有个学者叫作维士杰（Vischer）的，因为这种象征的外形很富有刺激性，可以暗示更深的人生一般的问题，他便叫这种象征为高级象征（Das Hochsymbolische）。古今的文字属于这种象征的，可是不少；譬如但丁（Dante）的《神曲》（*Divina Comedia*）、莎士比亚（Shakespeare）的《罕谟勒忒》（*Hamlet*，今译作《哈姆雷特》）、尼采（Nietzsche）的《查拉图斯脱拉》（*Zarathustra*，现一般译为查拉图斯特拉）、哥德（Goethe，现一般译为歌德）的《浮士德》（*Faust*），都可括在这一类的。

情的象征也可分开做两层意思说明。刚才所说知的象征，是把抽象的非感觉的东西做内容，借具体的感觉的东西来表现；现在所要讲的情的象征，乃是以锐敏的神经官能之作用做基础来表现情调（stimmung or mood），日本人称作气氛。近来颓废派（Decadent）艺术，都属于这一类的。我说要分两层意思来讲，是哪两层呢？第一层是神秘的倾向；二十世纪的思想界，差不多都带有神秘的色彩，不仅是哲学文学等带有这种色彩，就是自然科学，也脱不了这种色彩。我们入了神秘的境地，那思想感情，都不像平常可以捉摸的了。要知道现代人的内部生活的深处，都潜伏有这神秘的意味，绝不是赤裸裸的言语可以说得出的，也不是代替言语的种种记录，可以描写得出的，到了这时就不得不靠象征，借象征的手段来暗示种种不可思议不可捉摸的东西，那是再好也没有了。所以有些人说，象征就是神秘的狂歌。近来法国神秘诗人把象征看作介绍物质界和心灵界或有限世界和无限世界相交通的东西，所以文艺的任务，不是考察万象，乃是借万象来暗示神秘无限的世界。第二层是刹那的情调；我们生活的一刹那一刹那间所遇着的种种杂多事象，都伏有一种情。譬如我们听了一种声音，或是看了一种颜色，那时因官能一部分受了刺激，影响到神经中枢，更波动到全体，不知不觉，就发生了一种情调；那种情调，在人类的真正价值说起来，却是至高无上的。近来的新文艺，最看重这种情调，因为近代人神经过敏，容易应外界刺激而发生极强的情调，借这种情调，可以探得精神生活的内部。譬如绘画，我们画空中的飞鸟，一连画上许多只,用疾飞如矢的笔画去,其中或者有一只可以得其神肖。从前浪漫派的文学,不满足过去神经迟钝的产物,于是用全力推重感情;近来的颓废派,乃更进一步,以为感情固须推重,然尤不如应刺激而起之刹那间的情绪,因为我们的世界,并不是恒久存在的东西,乃是一刹那一刹那间的感觉,续续相接而成,这也是象征最高的意义了。

上面把象征的意义约略说明了,现在论到象征和人生的关系。我们人类,总无时无刻不想把我们的生命表现出来,这是受了最近思想界的新提示,益发相信我们自身所负的责任不小。于今哲学界、文学界,大抵把表现生命这件事,看得非常重要。柏格森的"创造进化说",叔本华的"意志说",尼采的"超人论",罗素的"改造之第一义",萧伯纳的"人与超人",哪一个不是把表现生命做他学说的骨子?这些话说得稍为隐讳一点;我于今举些浅显的例来说明这段意思。譬如英雄的征服欲,学者的智识欲,小孩子的游戏冲动,诗人的感情激昂,都不外个性表现之内的欲求,不管他是属之灵的方面,或是内的方面,凡是这种个性表现之内的欲求,都可以叫作生命表现。既只图生命表现着,就顾不得什么利害关系,与夫道德上之制裁,过去因袭之束缚,法律之桎梏,以及一切他种外力之阻挠。但事实上却不听其如此,譬如你想吃好东西,偏偏没钱去买,或者一时买不出来;你想着好衣裳,偏偏买不着中意的衣料,或者买了偏又缝得不中意;你想事业上如何发展,偏偏经济上多方掣肘,号称同志的人,又不一定靠得住,可以得他的帮助；你想帮助劳动者做事，好叫大家过些平民生活，偏偏资本家要来捣乱，他只一举手一投足，把你这些真正劳动家，收服个干净；你想图世界和平，偏偏有些强者，他反要倡军国主义，有了他一个军国主义，倒引起了许多军国主义。且不要说远了，就是我们想老老实实做个好人，但我们说话做事，不知道多少要迁就他人的意思；或者我心中极不愿意的人，也不能不恭维他两句；或者我心中极不高兴的事，也不能不做两宗。倘若你一切不顾，那么你左右前后的障碍物，可就多了。他们地位虽不见高，力量虽是微弱，但他们的办法可是很多，结果不说你是违抗礼教，便说你是干犯法律，或者说你成了众矢之的做了社会的罪人。你想人生在世，哪一时有真正的自由？哪一时不在苦闷中讨生活？不过我们的苦闷，是从小便蓄积了在胸中，有好些忘却罢了。倘若不忘却，那我们更不知苦闷到什么田地！即或忘却，我们的苦闷，也并不是逃往别处去了，仍然积在我们胸中，积久或许成病。讲到这里，我就不能不借精神病学家佛洛伊德（Freud，现一般译为弗洛伊德）所举一个有名的例来说一说。有一个患热病的女子，这女子在未患热病以前，颇欣赏她姐姐新结婚的那位男人；后来她姐姐死了，在她意下，何尝不想和那位男人结婚，但是格于事实，只好把这种欲望，严自压抑；积久之后，这种欲望，竟全行忘却，在我们必以为这可平安度日了。岂知这女子后来竟得了一个激烈的热病，这热病如何知道是由恋爱不遂得来的呢？女子受病的时候，受了一番佛洛伊德的诊察，佛洛伊德知道必有一种欲望，落在潜在意识（下意识）里面；于是用精神分析治疗法，把她唤回在显在意识之上。这女子忽然惊醒，把从前的情热和兴奋，都禁不住地表现出来，她的病就从此痊愈了。佛洛伊德以为热病的起源，是由于患病的人，在过去经验中，有了"心的损害"；所谓"心的损害"，便是上面所说的自己压抑。譬如性欲很热烈的时候，或者怕别人说话，或者受传来教训上的束缚，不得已把它压抑起来；这种压抑，都叫心的损害。这种心的损害，虽已经排出记忆阈之外（忘却），但并不是消失了，乃是落在潜在意识里面。后来这种损害内攻起来，仿佛像液中的渣滓，把这些渣滓，把受病的意识状态惊动起来，或是扰乱起来，所以成了热症。这是佛洛伊德研究的结果。这样看来，我们人类的苦闷，何尝不是这样？我们天天想做些表现生命的事，却事实上偏偏来压抑我们，不让我们尽量表现；但我们想表现的热望和努力，是没有一天减少的，这正是人生最有价值和意义的地方。近来心理学家告诉我们的，我们的潜在意识里面，不只是一些心的损害，也许有些心的补益或是心的慰安。所谓潜在意识，即是绝大意识。但这些损害是靠我们补偿的，这些补益是靠我们增进的，这些慰安是靠我们扩大的，我们怎样去补偿，怎样去增进，怎样去扩大，那就不能不靠象征。我们的潜在意识，乃是一个无底的汪汪海洋；倭伊铿所倡的宇宙的精神生活，就伏在这里面。我们的人生，便是象征这宇宙的精神生活的；上面说过，白是象征纯洁的，黑是象征悲哀的；仿佛白是象征的外形，纯洁便是象征的内容，黑是象征的外形，悲哀便是象征的内容。那么，我们可以说，人生是象征的外形，宇宙的精神生活，是象征的内容。哲学上所讲的"一"便是"多"，就可以比说自我便是宇宙。譬如一滴的水中，便含有大海全体的水，这就容易知道人生是象征这宇宙的精神生活的。还有一层意思，上面曾经说过，象征是介绍物质界和心灵界相交通的东西。我们人类，既具有兽性，也具有神性，也知道我们人生是象征的人生了。更有一层，象征是探得一刹那间一刹那间的情调的东西，换句话说，是探得一刹那间一刹那间的精神生活的东西；而我们人生是续续更新续续向上的，那更可见人生是象征的人生了。又人生无时无刻不被压抑，即无时无刻不在苦闷中讨生活；我们一面在潜在意识中日日增进心的损害，就是增加苦闷；一面在显在意识中日日谋表现生命，和苦闷相奋斗，所以我们的人生是奋斗的，是向上的，是创造的。这就是人生最有价值最有意义的地方了。合上面所述的这些意思，可以知道人生完全是象征的人生。

这题本不易讲明，加以我的意思很杂，一时更难说得明白。好在兄弟一时尚不致离上海，望大家把这题讨论讨论，以便随时彼此商榷，或者于我们的益处不小。

评梁漱溟《东西文化及其哲学》①

在好几个礼拜以前就接到贵校的信,约兄弟到这边来讲演,直到今天才得践约,真是非常抱歉。今天的演题,是"评《东西文化及其哲学》"。闻说这书的内容,昨日常乃德先生已经为诸君详细介绍了;或者我批评这书的时候,可以使诸君感受许多的便宜。这是我和诸君要向常先生道谢的。

在我国最近一二年出版界异常沉寂的时候,居然有这部有系统的著作出现,这是我国学术界一宗顶可乐观的事。近来批评这书的也很不少,只是都和我的意思相差很远,因此我便也不能不说一说。我这个批评,可以分作三段讲:第一段是讲著作的内容;第二段是讲作者的态度;第三段是讲作者的生活。

一、著作的内容

梁漱溟先生这部著作,所涉论的范围很宽;我现在把

---

① 本文是李石岑在中国公学的演讲。

它分作两项来批评：第一项是对于这部著作的总批评；第二项是对于这部著作的零碎批评。

A. 对于梁著的总批评

这个总批评里边，我又要分作三项来讲：（1）对于《东西文化及其哲学》命名的批评；（2）对于梁君三个路向的批评；（3）对于梁君三个态度的批评。现在依次讲述。

（1）对于《东西文化及其哲学》命名的批评。我们骤听了《东西文化及其哲学》这个名称，应该联想他这部书是讨论或比较东西文化和哲学的，应该是主论东西文化旁及东西哲学或附论东西哲学；要这样说，这个名称才说得通。但按照这书的内容，却不如是。他是由东西哲学去观察东西文化的，这就是他这部书的大错处。"文化"这两个字，照威尔曼（Otto Willmann 系 Prag 大学教授）的说法，是言语、文学、信仰、科学、礼拜、艺术、工艺、经济之创作之全体。我们可以知道构成文化的原因，是多方面的，绝不是单靠哲学一种可以成功的。梁君也非必不知道这点，你看他举"文化为生活的精神社会物质三方面"便知。但何以落到这么一个大错处？无从得知。梁君这个大错处里面，又包孕着一个不小的错处，就是他所举的哲学，或是仅举一家，或是仅举一宗，或是专论纯正哲学的。这不能说不是梁君发心著作时考虑欠周密了。

还有一层，也是要急于提出来讨论的。"文化"二字，我觉得很有讨究的必要。我现在想先把"文化"两个字的意义弄清。梁君说文化是生活的样法，文明是生活中的成绩品。我觉得这个定义下得不妥，易犯毛病。譬如说生活的样法，野蛮人也有他生活的样法；说生活中的成绩品，野蛮人也有他生活中的成绩品，那又何以别于文明人呢？这个地方，我觉得有修正或补充的必要。文化应当含有精神上暗示的意思。我觉得威尔曼所下"文明"和"文化"的定义可以给梁君一个订正。威尔曼说"在构成人类之社会的生活所必要的组织和生活样法叫作文明"，"叫我们弄到这种社会组织和生活样法的那种精神力，就叫作文化"。前者是关于形上的事物，后者是关于精神之力。威尔曼这种说法，确是比梁君进一步。但我觉得威尔曼的定义还是有毛病，因为野蛮人他也有一种社会生活，也有一种在这社会所必要的组织和生活样法，不过他的组织简单些，他的样法简陋些；又他弄到那种社会组织和生活样法，不能说他不是由于一种精神力，那又何以别于文明人呢？所以威尔曼的说法，也要加一个订正。我的意思，以为如果把他"文明"二字的定义略为订正，那就一切没有问题了。就是改为"在构成人类之'进步的'社会生活所必要的组织和生活样法就叫作文明"。我这个订正，注重在"进步"二字。本来文明不文明，就看进步不进步。如果巴克尔（Buckle）、黎白（Lipper）、德拉白（Draper）说文明就是知的进步，孔特（Comte）说文明就是道德的进步，拉特泽尔（Ratzel）、温倭德（Unold）说文明就是心的现象之全部之进步，都是着眼在"进步"二字上面。照这样说来，就可由进步的程度看他文明的程度或定他文化的程度；那么，中国现时的文化和西洋现时的文化相比较，就不难得一个答案了。

最后还有一层。所谓东西文化,是否可以联络成一名词尚属疑问。梁君既承认"常乃德先生说西方化与东方化不能相提并论,东方化之与西方化是一古一今的,一前一后的;一是未进的,一是既进的",那又何必花如许心血著成这部书呢?我看中国民族所以弄来这种社会组织和生活样法的那种精神力,不消说,孔夫子的力量算最大。似孔子有价值的思想,很少流布在中国社会里面,倒是些三纲五常的话,很有力量!即梁君所说"由糟粕形式与呆板训条以成之文化,维系数千年以迄于今"。除了孔子以外,在从前所谓士农工商以及什么七十二行那些社会里面,又另有一种精神力在那里作用。譬如做工的人尊公输子,行商的人尊赵公元帅,务农的人最看重龙神婆官之属。再细分之,制酒的人尊杜康仙师,制碗的人尊樊公仙师,此外还有司命神位、土地神位,差不多都是和至圣先师孔子神位一体受人家礼拜的。吴稚晖先生说我们中国社会有三大势力:一是孔子,二是关老爷,三是麻先生。这都对于我们的社会组织和生活样法有密切关系的。在这种蒙昧未开的状态中,我们要估量他的文化,着实不易。譬如在西洋中古时代,一般人的思想,都带宗教臭味,我们也无从估量他的文化;必要经过文艺复兴,宗教改革,与乎各种革命,独立之后,才渐渐可以讲到"文化"二字。我们讲文化时,是要合全民族计较的,不可单就极少数知识阶级的人来论断文化怎样。梁君自己在他书的后半部也说道:"数千年以来使吾人不能从种种在上的威权解放出来而得自由,个性不得伸展,社会性亦不得发达,这是我们人生上一个最大的不及西洋之处。"梁君把"个性伸展，社会性发达"九个字看得极重，说来说去，总是说这九个字如何要紧，偏偏我们不幸，一个字也配不上。个性不得伸展，那生活样法就可想见，社会性亦不得发达，那社会组织更可想见。其所以生活样法和社会组织那么幼稚，就是因为没有一种进步的最高精神力在那里作用；换句话讲，就是没有像西洋的"科学"和"德谟克拉西"（democracy，民主）这一类的精神在那里面作用，所以无文化可言。这样推论起来，这部书似乎难于下笔。

（2）对于梁君三个路向的批评。方才讲了那么许多，还只讲到书的封面，现在要开卷往里面讲了。梁君在这部书里面，提出人生的三条路向：一条是向前面要求；一条是对于自己的意思变换、调和、持中；一条是转身向后去要求。梁君把三条路向看得非常重要，他根据这三条路向来观察东西文化。所以批评这三条路向，要认为批评梁著的扼要处。我以为这三条路向，他最初想出来的是第一条，其次乃是第三条，那第二条是最后想出来的。我认为不需要这许多条，只有坦荡荡的向前面的一条大路，不过走法各有不同，或是快慢各有不同。如果照现在的情形观察中国印度和西洋，或者可以说西洋是向前走；印度也是向前走，但别个把他绊住了，走得很慢；中国呢？他老先生站在中途东望西望，还正在茫于歧路喽！梁君的三条路向说，不是照中国印度和西洋现在的情形立言，乃是按孔家哲学（不是中国文化全部，也不是中国哲学全部）、佛家唯识（不是印度文化全部，也不是印度哲学全部）和西洋文化

(不是西洋文化全体)立言。此处诸位须要看清。我于梁君讲西洋文化是向第一条路向，我大体赞成，无所用其批评。我于梁君讲孔子哲学是向第二条路向，我反对；我对于他解释"调和"和"仁"……这些意味，我也不完全赞成。梁君看明孔子的人生哲学，是从《易经》的根本观念"调和"二字来的，但他对于"调和"的解释，似觉得太芜杂。我从他讲调和起至讲调和止，看来看去，只是由调和到不调和，由不调和到调和；无时无处不是调和，无时无处不是不调和；不调和，其实就是调和，调和，其实就是不调和。这些话弄得我忙个不了。梁君又把水作譬喻，他说："仿佛水流必求平衡，若不平衡还往下流，所差的水不是自己的活动有时得平衡即不流，而这个是不断地往前流，往前变化。"其实照我的说法，用不着把这些字搬来搬去，我只把孔子几句话就表明白了，就是："天何言哉！四时行焉，百物生焉，天何言哉！"你看他描写"调和"的精神，何等广大精微，那便真是无时无处不是调和，无时无处不是不调和。梁君所谓"不待鼓而活动不息"，便是这个意思。那就可见孔子完全是向前活动的，而且是大动；所以我说孔子也是向前面走的。怎见得是走第二条路向呢？胡适之先生也说孔子学说的一切根本，都在一部《易经》；他把"易"解作变易的意思，说天地万物是时时刻刻在那里变化的；随后他便举了孔子"逝者如斯夫，不舍昼夜"一句话，取了"逝者"两个字，做他"易"字的注脚；只可惜他的精神，全注重在"逝者"两个字，却没了孔子一段"不舍昼夜"的精意。譬如希腊哲学者赫拉克里特斯（Heraclitus），他只知道万物是流动变化的，却见不到柏格森所谓"变化就是成熟，成熟就是创造"。我以为梁君这种"调和"说，比胡君那种"变易"说，确是精神要广大些，但两说我都不赞成。我认为一部《易经》的精义，就在"天行健"三字上面，孔子所说的"逝者如斯夫，不舍昼夜"那句话，骨子里面就是"天行健"三字。胡君没有看到这个"健"字，便把"不舍昼夜"的精义忽略过去。孔子赞叹那样不分昼夜地往前跑，梁君怎样说他不是向前而走，而说他是走第二路向呢？又梁君论"仁"，也和我的意思不同。梁君这部书的好处，我认为第一是他一任直觉，说得人心气和平；次之就是论"仁"。梁君解释"仁"字的意义，较胡君强多了。其好处就在凭情论事，不自作聪明。你看他论"仁"，也把直觉做恒干，全然不许人家杂一点算账的性质，结果归到"天理流行"上面，比那些锱铢计较的，确是要高一着。但在此处，就与我发生小小的冲突了。什么冲突？就是他处处只注重"天理"而不注重"流行"。我便最看重"流行"二字。仁是一个宇宙的大流；只要不停歇不呆坐着而一意地往前走，都合乎"仁"的意味。所以孔子说"力行近乎仁""刚毅木讷近仁""当仁不让于师"，又说"仁者必有勇""仁者先难而后获"，又说"博学而笃志，切问而近思，仁在其中矣"。孔子自己做人，也只是"发愤忘食"，最恨的是那种呆坐着不往前跑的；所以说"饱食终日无所用心，难矣哉，不有博弈者乎，为之犹贤乎已"。你与其呆坐着，你不如去干那"博弈"的勾当，可想见孔子当日督促人家往前跑的那种苦口婆心。

不知道梁君怎样说孔子不是向前走？关于孔子论"生"论"性"，我要说的话还多，我以为无不是向前面走的；只可惜时间不多，讲孔家哲学方面的，暂止于此。

其次我对于梁君讲佛家哲学是向第三个路向，我也要提出抗议。我对于他说佛法是宗教，我尤其要提出抗议。我常和友人金荣轩君慨叹于今学佛的人，都是从最低的动机出发！什么是最低的动机？便是厌世出世。弄了国内一般较好的人，都走入厌世一途；而剩下那般坏人，益发跳梁无忌。想来真是一宗顶痛心的事。梁君对于印度哲学研究有素，自己又是一个好学深思的人，不知道何以把佛法说得这样粗浅。梁君说印度的文化中俱无甚可说，唯一独盛的只有宗教之一物。于是把宗教问题之研究，作为研究佛法的一宗顶重要的事。在"宗教问题之研究"一节里面，力说宗教的必要和宗教的可能；而其所谓宗教的真必要所在，宗教的真可能所在，仍不外"出世"一个意思。这个地方要批评他，非先讲清佛法是宗教不是宗教不可。佛法如果是宗教，再好论到宗教的真必要真可能所在；佛法如果不是宗教，那便以上所计较的种种地方，都成废话了。我于佛法本没有什么研究，但在此地很想尽力说说；怎奈吾师欧阳竟无先生、吾友吕秋逸先生常叮嘱我要我莫轻谈佛法，我现在只好敬遵他们的劝告。好在欧阳先生最近有一篇讲演稿，劈头一段，便是解决这个问题的。演题叫作《佛法非宗教亦非哲学而为今时所必需》（系吾友王思洋先生笔记，即在《民铎》三号登出）。梁君说："我好说唯识而于唯识实未深彻，并且自出意见，改动旧说，我请大家若求真佛教、真唯识，不必以我的话为准据，最好去问南京的欧阳竟无先生。我只承认欧阳先生的佛教是佛教，欧阳先生的佛学是佛学，别的人我都不承认。"那么，我此刻正好乘这个机会拿点真佛教、真唯识介绍给诸位。

欧阳先生的演稿很长，我现在只把讲"佛法非宗教"的一段介绍。

宗教原系西洋名词，译过中国来勉强比附在佛法上面，如何能包含得此最广大的佛法。正名定辞，佛法就是佛法，佛法就称佛法。

云何说佛法非宗教耶？答：世界所有宗教其内容必具四个条件，而佛法都与之相反，故说佛法非宗教。何者为四？

第一，凡宗教皆崇仰一神或多数神及其开创彼教之教主，此之神与教主号为神圣不可侵犯，而有无上威权能主宰赏罚一切人物，人但当依赖他。而佛法则否。昔者佛入涅槃时，以四依教弟子。所谓四依者：一者，依法不依人；二者，依义不依语；三者，依了义经不依不了义经；四者，依智不依识。所谓依法不依人者，即是但当依持正法，苟于法不合，则虽是佛亦在所不从。禅宗祖师，于天上地下唯我独尊语，而云我若见时一棒打死与狗子吃。心佛众生三无差别，即心即佛非心非佛。前之诸佛，但为吾之导师善友，绝无所谓权威赏罚之可言。是故在宗教则不免屈抑人之个性增长人之惰性，而在佛法中绝无有此。至于神我梵天种种谬谈，则更早已破斥之为人所共悉，此即不赘。

　　第二，凡一种宗教必有其所守之圣经。此之圣经但当信从不许讨论，一以自固其教义，一以把持人之信心。而在佛法则又异此。曾言依义不依语，依了义经不依不了义经，即是其证。今且先解此二句名词。实有其事曰义，但有言说曰语，无义之语是为虚语，故不依之。了有二解：一明了为了，二了尽为了，不了义经者，权语略语；了义经者，实语尽语。不必凡是佛说皆可执为究竟语，是故盲从者非是，善简择而从其胜者佛所赞叹也。其容人思想之自由如此。但于此有人问曰：佛法既不同于宗教，云何复有圣言量？答：所谓圣言量者，非如纶音诏旨，更不容人讨论，盖是已经证论众所公认共许之语耳。譬如几何中之定义公理，直角必为九十度，过之为钝角，不及为锐角，两边等两角必等之类。事俱如是，更又何必讨论耶？此而不信，则数理没从证明。又圣言量者即因明中之因喻因明定法，是用其先已成立共许之因喻，比而成其未成将立之宗。此而不信，则因明之学亦无从讲起。要之因明者，固纯以科学证实之方法以立理破邪，其精实远非今之论理学所及。固不必惧其迷信也。

　　三者，凡一宗教家，必有其必守之信条与必

守之戒约，信条戒约即其立教之根本，此而若犯，其教乃不成。其在佛法则又异此。佛法者有其究竟唯一之目的，而他皆此之方便，所谓究竟目的者大菩提是。何谓菩提？度诸众生共登正觉是也。正觉者智慧也，智慧者人人固有，但由二障隐而不显：一烦恼障，二所知障。此二障者皆不寂净，皆是扰攘昏蒙之相。故欲求智慧者，先必定其心，犹水澄清乃能照物耳。而欲水之定必先止其鼓荡此水者。故欲心之定必先有于戒，戒者禁其外扰防其内奸以期此心之不乱耳。然则定以慧为目的，戒以定为目的；定者慧之方便，戒又方便之方便耳。是故持戒者菩提心为根本，而大乘菩萨利物济生，则虽十重律仪权行不犯，退菩提心则犯，此其规模广阔心量宏远，固不同拘拘于绳墨尺寸之中以自苦为极者也。夫大乘固然，即在小乘，而亦有不出家、不剃发、不披袈裟而成阿罗汉者。佛法之根本有在，方便门多，率可知矣。

四者，凡宗教家类必有其宗教式之信仰，宗教式之信仰为何，纯粹感情的服从，而不容一毫理性之批评者是也。佛法异此。无上圣智要由自证得来，是故依自力而不纯仗他力，依人说话三世佛冤，盲从迷信是乃不可度者，瑜伽师地论四方发心，自力因力难退，他力方便力易退是也。然或谓曰：汝言佛法既不重信仰，何乃修持次第资粮位中首列十信，五十一心所十一善中亦首列信数。答之曰：信有两种，一者愚人之盲从，一者智人之乐欲。前者是所鄙弃，后者是所尊崇。信有无上菩提，信有已得菩提之人，信自己与他人皆能得此菩提，此信圆满，金刚不动，由斯因缘始入十信。此而不信，永劫沉沦。又诸善心所信为其首者，由信起欲，由欲精进，故能被甲加行永无退转，是乃丈夫勇往奋进之精神，吾人登峰造极之初基，与夫委己以依人者异也。

如上所言，一者崇卑而不平，一者平等无二致；一者思想极其锢陋，一者理性极其自由；一者拘苦而昧原，一者宏阔而真证；一者屈己以从人，一者勇往以成己。二者之辨皎若白黑。而乌可以区区之宗教与佛法相提并论哉？

由欧阳先生的讲演看来，可以知道佛法并不是宗教。那么，梁君所提出的各问题，此刻都可不讨论了。佛法的究竟目的只在共登正觉，并无旁的意思。如果把佛法看作宗教，或是把大乘看作小乘，那就无怪乎厌世、出世种种的意义都从此产生了。我认佛法指示我们向正觉的那条路，才真正是向前面的一条光明大路。梁君反说是朝第三条路向走，那便只好各信其所信罢了。

上面所讨论的几个要点，是说明中国、印度和西洋都是朝前面坦荡荡的一条大路走的，不过走法不同，或是走的快慢不同。譬如西洋人向前走，是左冲右撞走过去的；孔子向前走，是一面走一面安排不吃力地走过去的。但都是同一个路向，并不必像梁君那样设许多条路向。况且梁君三路向说，都是以"意欲"做骨子的。意欲只是向前面走的，梁君所谓"以意欲自为调和持中"和"以意欲反身向后要求"，说来总觉牵强。若照我的说法，那便无处不是意欲了。

以上所述，都是按照梁君所举三路向，拿来计较计较；其实各国文化有已备的，有未备的，如何好比？似这种计较，都嫌多事。我批评三条路向的话，暂止于此。

（3）对于梁君三个态度的批评。梁君在第五章推论世界未来的文化。推论的结果，便提出三个态度。即推论对于中国文化、印度文化和西洋文化，应取何种态度？梁君以为第一要排斥印度的态度，丝毫不能容留；第二，对于西方文化是要全盘承受而根本改过，就是对于其态度要改一改；第三，批评地把中国原来态度，重新拿出来。梁君谓这三条是这些年来研究这个问题之最后结论，并非偶然的感想。我们要批评他，自然不能不持慎重的态度。我现在想先评他第三个态度，就是"批评地把中国原来态度，重新拿出来"。我不知道他说的"中国原来态度"是什么态度，我想他说的是"孔子原来态度"。梁君说"并非这个态度不对，乃是这个态度拿出太早不对！"并说"这是我们唯一致误所由"。我看他第五章后半部关于讲这个态度的，几于无处不错；我现在想条分缕析，把它申辩出来。第一，孔子原来态度，我以为或者就在孔子生前或死后不多久的时候，现了一现，但还不一定是在中国全部。孔子在那时候，确实感化了许多人，而且许多是由他自己去感化的;所以"子之武城,闻弦歌之声","十室之邑必有忠信如丘者焉"。还不仅是"武城",不仅止"十室",就是一国也可以转移他的风气;所以"齐一变至于鲁,鲁一变至于道"。但他倒霉的时候比他行运的时候多,所以"在陈绝粮"。他的相貌,偏偏又和阳虎相像,弄成一个"子畏于匡"。他想到楚国去,偏偏遇着一个接舆,他倒要嘲笑孔子几句,说什么"凤兮凤兮,何德之衰!"这还不要紧,还有一个莽汉微生亩,他简直不客气说道:"丘何为是栖栖者与!无乃为佞乎!"孔子受了这些闲话,怄气不过,恨不得一个人"乘桴浮于海",弄到结局,才放声叹道:"归与归与!"这时孔子年已六十,到第二年才还鲁,作春秋,删诗书,定礼乐。孔子一生的经过,述来真令人伤感!你看孔子原来的态度,好容易拿出来。所以我说孔子原来的态度,或者在孔子生前或死后不久的时候,现了一现,但还不一定是在中国全部。第二,孔子既晓得道不行,只好著书,上面已经说过。谁知他倒霉运未脱,偏偏又遇着秦始皇,把他的书烧了许多;又还不要紧,后来竟遇到一个汉武帝,把孔子原来态度根本除尽,叫作什么表彰六经,那就真孔子,一辈子也不见了;不仅是一辈子,简直延到今日,没有别的,只剩下一个"糟粕形式呆板教条"的孔子。于今中国人无论男女老少,虽然都唱得几句"上大人,孔夫子;化三千,七十二;皆好仁,且知礼……",但有几个懂得梁君所谓"仁"所谓"礼"?于今孔子的势力,虽然不小;孔子的话,虽然到处有人照行或是挂在壁上或是挂在家神上或是填在家谱里面,但都只拿到孔子的一些骸骨。并且有许多就是拿了这些骸骨，也还是撑撑门面的。在乡间办婚事、丧事和祭事的时候，拿孔子的话去撑撑门面，那害处已属不小；还有那般军阀和老顽固，他们倒要利用他大倡其"复辟"，或办个什么社，讲究些朝会之礼。我看中国数千年来孔子的态度便是这个态度，也许可说代表"中国原来态度"之一大部。"这就是我们唯一致误之由。"梁君所说"孔子原来态度"，就错看作"中国原来态度"；"孔子原来态度"并没拿得出，梁君就错看作"拿出太早"。第三，批评地把孔子原来态度——梁君所说中国原来态度——重新拿出来。这话倒很有计较之必要。我现在先把梁君所述的一段要义抄出，再申论我的意思。梁君说："我们不待有我就去讲无我，不待个性伸展就去讲屈己让人，所以至今也未曾得从种种威权底下解放出来。我们不待理智条达，就去崇尚那非论理的精神，就专好用直觉，所以至今思想也不清明，学术也都无眉目；并且从这种态度，根本就停顿了进步。自其文化开发之初到他数千年之后，也没有什么两样。他再不能回头补走第一路，也不能往下去走第三路。假使没有外力进门，环境不变，他会要长此终古。"这段话我把一句国粹派的话来形容，我认为是"根本救国论"。我看中国此刻"促进世界第二路文化之实现"，还不妨慢点讲。此刻还是努力把"有我""个性伸展""从权威解放""理智条达""思想要清明""学术要有眉目""外力不妨听他闯进门来""环境赶快要变"这些话多讲的好。如果梁君把这部书上半部讲"赛恩斯"（science，科学）"德谟克拉西"如何好如何吃紧的地方放在下半部；下半部讲"调和""仁""乐天知命""无可无不可"如何好如何吃紧的地方放在上半部，那便使我国一班头脑不清楚的人，更易受到许多的好影响了，他们的精神更要抖擞了，他们自己的不对更要反省了。只可惜梁君没有想到这点，那便使他们走"第一路"的或者还不如走"第二路"的踊跃。我此刻要申述我的意思了。我以为孔家哲学，此时暂可不必提倡；无论"真孔""伪孔"，此刻尽可不必去理论。因为你想批评地拿出"孔子原来态度"，其结果必致引起许多"非孔子原来态度"；那"非孔子原来态度"，力量定归比"孔子原来态度"大。陈独秀先生办《新青年》杂志，极力反对孔子，极力斥骂孔子，实在有他一番苦心。他冒社会上之大不韪，去悍然干这种"非孔"生活，他心髓微处，以为我此刻虽糟蹋了孔子，但我却可以推倒你们军阀的靠山，拔掉你们老百姓的迷根。所以陈君这种杂志，在社会改造上，在文化开展上，都有不可灭的功绩。陈君是个头脑明晰的人，难道认不清孔子的真假？假如我国数千年来不把孔子糟蹋到这般田地，我国一般老百姓不受伪孔的毒如此其深，我想陈君也许要作一部"孔家哲学"。我说这段话，我是就事论事。我是本我的良心要说的话，我不负这段话以外旁的责任。梁君阐明孔家哲学，我认为一定可找出真孔的面目，因他的头脑清晰，和陈君不相上下。但这是孔子一人之幸，却是中国全体之不幸。所谓不幸，便是那许多"伪孔"乘机而至，此话不可随意听过。我还有一层意思要补说，梁君想阐明孔家哲学，无非因特别见到孔家哲学的真价值，所以决定要提倡；但我以为也不必提出孔子，尽可把孔子的精义去宣扬，那便不至于为"伪孔"所利用。我批评第三项态度的话，暂止于此。

其次我要回头批评他第一个态度，便是"要排斥印度的态度，丝毫不能容留"。我以为梁君所说的"印度的态度"，是以"佛法的态度"做代表；还不是佛法，是以"宗教的态度"做代表。因为他说宗教是走"第三条路向"的。这种地方，也要分开讲，才得明晰。佛法的态度，不能代表"印度的态度"的全部。佛法的态度，更完全非"宗教的态度"，上面已经说过。梁君本自己的意思说宗教，更本自己的意思说佛法，更本自己的意思说印度的态度；于是把"宗教""佛法""印度"三个泥菩萨，打成一个。那自然"印度的态度"，丝毫不能容留了。我于今要分别说。"印度的态度"怎样？我不管；"宗教的态度"怎样？我不管；我只把佛法的态度，略为申辩申辩。梁君自己说过："因明学、唯识学秉一种严刻的理智态度，走科学的路，这个不同，绝不容轻忽看过。"梁君全部书里面，仅点出这一点；直到书的末页"自序"上，才自白道："自知偏于一边而有一边没有说。"梁君不把没有说的那一边，尽量地说出，便遽然警告大家，说"假使佛化大兴，中国之乱便无已"。未免太冤抑了佛法！梁君没有说的那一边，也许是秉"一种严刻的理智态度"的，也许是欧阳先生所谓"正觉"的。梁君到那时便又怎样地警告大家呢？如果是秉"一种严刻的理智态度"的像因明学、唯识学，我以为要尽量地灌输。那便西洋的"赛恩斯"进来的时候，可以给他一个订正；不仅是"赛恩斯"，便是"斐洛索斐"（philosophy，哲学），也可以给他一个订正。譬如梁君在《印度哲学概论》上从唯识的见地，批评唯心唯物，谓"唯物是执所分别者为本，唯心是执能分别者为本，唯识家则以分别所分别归于识自体"。我那时看了，异常钦佩（那时我还未返国），便笃志于唯识，以为西洋哲学，有许多订正之必要，从唯识的眼光，去看西洋哲学，真有"登东山而小鲁"的感概。便是我如今用力于柏格森的哲学，我固全然不懂得柏格森，但柏格森我恐怕他也不见得真正懂得什么叫作"直觉"；若照柏格森所著的几部旧书新书看来，那"直觉"二字，也就容易讲了。所以我将来还要用唯识的见地把它估量一下。唯识学有根底的人，他运思必比平常人不同。譬如章太炎先生，他并于唯识学不能算有深造，但他的成就已是了不得，你看他的《齐物论释》与夫《国故论衡》里面《明见》《原名》《辨性》等篇，哪一处不是语语惊人（至于错解唯识之处，又当别论）。所以国内讲墨子讲庄子的，没有一个不要揣摩他一点意思。又如梁漱溟先生著这部《东西文化及其哲学》，假如他没有唯识学做基础，也许这部书不容易写成。只是唯识学很不易讲，并也不能讲，稍为忽略一下，便相差不知道几千万程。今年正月我和欧阳竟无先生谈了许久，我出门的时候，欧阳先生向我说道："唯识一字有千斤之力。"我以为欧阳先生这句话，极有深意。话归本题。以上均是就梁君所说的那种严刻的理智态度而论，似觉得有提倡的必要，何况唯识学所造的境地，还不止这个呢。至于梁君未说的那一边，如果是欧阳先生所谓"共登正觉"，那我们更不知要持一种怎样敬虔的态度才好。关于计较这方面的话，因我于佛法没甚研究，只好付之不论。

其三，我要批评他第二个态度，即对于西方化全盘承受而根本改过，就是对于其态度要改一改。梁君在这个态度上面，说了许多警策的话，我且一一引述，然后申论我的意思。他说："我今所要求的，不过是要大家往前动作，而此动作，最好发于直接的情感，而非出自欲望的计虑。"这段我赞成，因他是主张情感的动的，而不主张欲望的动的。他又说："我们此刻为眼前急需的护持生命、财产、个人权利的而定乱入治，或促进未来世界文化之开辟，而得合理生活，都非参取第一态度，大家奋往向前不可；但又如果不根本地把他含融到第二态度的人生里而，将不能防止他的危险，将不能避免他的错误，将不能适合于今世第一和第二路的过渡时代，我们最好是感觉着这局面的不可安而奋发，莫为要从前面有所取得而奔去。"他后面又紧接说了一段很重要的话，他说："动不是容易的，适宜的动，更不是容易的；现在只有先根本启发一种人生，全超脱了个人的为我，物质的歆慕，处处的算账，有所为而为，直从里面发出来活气——罗素所谓创造冲动——含融了向前的态度，随感而应，方有所谓情感的动作。"这两段话，都是梁君几经考虑后的话，我们更不可不用一种极慎重的态度去批评。梁君说我们从种种方面看，非参取第一态度不可，这话我恐怕任是何人，不会不赞成的。梁君说："最好感觉着我们这局面的不可安而奋发，莫为要从前面有所取得而奔去。"这两句话是梁君最爱说的，本来没有不对，但我却想乘他说这两句话的机会，补充地多说几句，看有没有参取别种态度之必要。譬如说"感觉着这局面的不可安"，我们看见许多人，有极感觉着这局面不安的，有稍微感觉着这局面不安的，也有竟不感觉着这局面不安的。这个地方，若用佛家的话来表明，在已解除烦恼障及所知障的人，便极感觉着这局面不安；若在受烦恼障及所知障稍深的人，便只能稍感觉着这局面不安；若在受烦恼障及所知障极深的人，或者竟不感觉着这局面什么不安；谈到此处，自然要看我们最初如何去启发，但不知这种启发的功夫，有参取佛家求"正觉"的态度（不是梁君所说的第三条路向）之必要么？又譬如说"莫要向前面有所取得"，这句话便是"全超脱了个人的为我物质的歆慕……"不知这种"全超脱"的功夫，有参取佛家求"正觉"的态度之必要么？以上的话，不过是一种商榷，还不算是批评。现在我要批评他这段——亦可说是这章指第五章——的主要点了。梁君在这段——亦可说在这章——先立了一个"由第一路到第二路"的假定，然后从种种方面证明这个假定是真的。我如今对于他这些证明，合法与否，不愿计较，因这是见解个别的问题，不能把你的是推倒他的是。只是他说我们对于西方文化全盘承受而根本改过；他这全盘的一受，又根本地一改，恰好弄成一个对消。譬如他说西方文化是重"赛恩斯"的，我们如果全盘承受，便要设法使中国的人人注重"赛恩斯"，人人有"赛恩斯"的精神，而一切换掉梁君所说中国式的"艺术的"态度（其实"艺术的"三字甚不妥，惜无暇论之）。那便不必急急于"全超脱个人的为我，物质的歆慕，处处的算账，有所为而为"而听其由第一路走到第二路。假如你把他"赛恩斯"的精神根本改过，那又弄成"无可无不可"，岂不是白费力吗？又如梁君说西方文化是重"德谟克拉西"的；我们如果全盘承受，那便要设法多介绍些"德谟克拉西"的学说，多举办些"德谟克拉西"的效绩，把从前那些三纲五常不合"德谟克拉西"精神的呆板教条和顽固根性，彻底换过；怎样可以再引入到孔子的路向，叫他们脑子里混些"民可使由不可使知"那种反"德谟克拉西"的精神呢？所以梁君的那一改，我认为是向着他所说的那种"假定"改的。我们看重西方文化，最看重的是"赛恩斯"的态度，"德谟克拉西"的态度，梁君偏说"就是对于其态度要改一改"，那便不能不使我们失望了，关于批评三态度的话，至此为止。

B. 对于梁著的零碎批评

以上所批评的三项，费了时间太多，以后只能向诸位约略说一说。现在把这条分作三项：

（1）梁君推论世界未来的文化，必走中国的路子；他所谓中国的路子，实在是指孔子的路子。这个地方，他不免有变更事实迁就学理的毛病，因为现在世界各国，是不是将要走到孔子的路，这个要分开看。也许有要走孔子的路子的，也许有要走别家的路子的。梁君本自己的意思，硬说大家必要走孔子的路子，于是站在这个地盘上，论述事实的变迁，见解的变迁，态度的变迁。自然论述变迁到孔子路向的，易合脾胃。我以为这种论法不对，这不免有变更事实迁就学理的毛病。譬如他举西洋各思想家的态度,都有隶属孔家路子之下的倾向,这就不免太牵强了。倭伊铿、罗素、克鲁泡特金、泰戈尔,他们四个人的态度,全然各别,述来话很长。我暂且不引长分辨了。

(2) 梁君最推崇孔子的礼乐,把礼乐的精神,说得极其广大,本没有不对,只是我以为要分开讲。孔子作礼,实在为防制人的坏动机的地方居多,所以他说"夫礼者,所以章疑别微以为民坊者也"。(《坊记》)他看重礼的意思,还有一次表示得最明白。有一日哀公问孔子,怎样叫大礼?孔子答道:"丘闻之,民之所由生,礼为大,非礼无以节事天地之神也,非礼无以辨君臣上下长幼之位也,非礼无以别男女父子兄弟之亲、婚姻疏数之交也,君子以此之为尊敬然。"(《哀公问》)就是孔子对于乐,也未尝不是这种意思,所以他说"乐也者情之不可变者也"。(《乐记》)孔子差不多把礼乐完全看作一件管束人情的东西。这样看来,孔子的礼乐,像梁君那样说的,似乎还占少数。我以为与其把孔子的礼乐搬出来,引起许多人不是好动机的承受,倒不如索性提倡"艺术"的精神好。梁君所提出的那种广大意味的礼乐,实在和艺术没有多大的区别。近来英国卡朋特(Carpenter)著了一部《天使之翼》(*Angel's Wings*),他的意思,以为将来人类改造,都要看这个"艺术"的地盘怎样才能定,可想见艺术是和未来的文化有绝大的关系的。至于梁君说在未来时期,男女恋爱是顶大问题,那就更恰好有艺术做他们的救济了。

(3) 梁君所说的算账,无非是指一种功利的性质,我看西洋人或者英美人算账的性质,多因为从前有边沁、穆勒父子那些人的功利说倡导,现在有詹姆士、杜威、席勒那些人的实用主义说倡导,所以这算账的性质特别强些;至于旁的诸国——我以为尤其是法国——这算账的性质,着实不顶强,这点于观察文化,颇有关系,故单另作一条讲。

以上讲"著作的内容"的话,至于完结,现在讲作者的态度。

二、作者的态度

述到这里,我便对于梁君不能不特加敬礼了,看完这部书之后,知道梁君是我们中国一个纯粹的学者,我对于他这个人的佩服,比对于他这部书的佩服,更加十分。也难怪他说"我很愿意拿我的人同大家相见,不愿意只拿我的书同大家相见!"我认为他态度最好的地方有几点:(一)他这部书虽然许多地方是用自己的见解去说,但这个地方也当分别而论。有时候由自己的特别遭遇或环境或研究弄成功的一种见解,自然不容易放下去依从他人;所谓吾爱吾师,吾尤爱真理。你看梁君关于这种地方,在书内不知道有多少:说某人"持客套的态度",说"其实某公所说,没有一句是对的";说"他们把孔子、墨子、释迦、耶稣、西洋道理乱讲一气,结果始终没有认清哪个是哪个!"梁君不肯轻易依傍人家,却是一种可宝贵的态度。譬如德国一元论者赫克尔,他著《宇宙之谜》的时候,他只把认清楚的一元论的见地，尽量地主张，却不知道有什么顾忌不顾忌。他认为科学的智识，比那些因袭的思想和滥调的天启说，着实可靠。他著了这部书之后，一年之内，卖掉了十万余册；但发行之后不到一年，已经得了近百篇的论文，十几册的小册子，和他大打其笔墨官司。这样一闹，他这部书，居然翻成了十二国的文字，把东西两半球的学者，闹个无宁日。过了五年，外边非难的更多，就是信札一种，约计在五千通以上。他知道一个一个去答复，是没有用的，于是发心著一部《生命之不可思议》，一面答复外间的非难，一面补充前书的缺憾，而其态度仍然是坚执不摇。因为他说："我这个一元哲学，是由我五十年精到不屈的研究得来的，我如何不确信？"梁君述三条态度的时候，也说了这类的话，说"这三条是我这些年来研究这个问题之最后结论，几经审慎而后决定，并非偶然的感想"。所以我说他这个态度是可宝贵的。（二）就是他"知之为知之不知为不知"的态度。人在世间，生也有涯而知也无涯。梁君看清这点，所以他要说的地方，尽量去说；去说了之后，随即把研究的深浅，老实地告诉大家。譬如他解释《易经》头一个卦，约略解释之后，随即申明说"关于这面的话，大约只好以此为止，因为自己没有什么研究，也说不出别的话来"；又他推论"今日不合理的经济根本改正"，也重重地申明一句："我于这上也毫无研究。"最显著的，是他说佛法：他简直告诉大家"还有一边没有说"，并且要大家去信欧阳竟无先生、吕秋逸先生，而说"此刻则宁信他们莫信我"。你看他这个态度，何等光辉笃实。

（三）是他虚心的态度，譬如他说"因为我自己晓得没有学问，无论哪样都没有深的研究，而要想说话，不能不谈到两句，所以最好是替我指摘出来，免得辗转讹误"。梁君这个话，确是出于自己的本心。以梁君这样心思远到的人，尚且这样说，真是难得极了。以上所述，都是我偶然想到的地方，不知诸位以为怎样。

三、作者的生活

讲到这层，尤其使我对于梁君加以十二分的敬佩。他有一段话叙述他的生活，非常要紧，诸君千万不要轻轻看过。他说："我的生性，对于我生活、行事，非常不肯随便，不肯做一种不十分妥当的生活，未定十分准对的行事。如果做了，就是对的，就没问题的；假使有个人对于我所做的生活不以为然，我即不能放松，一定要参考对面人的意见，如果他的见解对，我就自己改变，如果他的见解是错误，我才可以放下。因为我对于生活如此认真，所以我的生活与思想见解，是成一整个的。思想见解到哪里，就做到哪里。"我认这段话关系我们做人行事很大。我尝对学生说，你们求学，不要把学问当作将来谋生计的一种工具。学问是与你们的生活相关联的，你们当下学问，你们的生活便要当下有个计较。如果你们今日是这样，明日也是这样，那便是你们的学问没有长进。所以我对于梁君"生活与思想见解成一整个"的话，认为先得我心。梁君本是一个做佛家生活的人，他做佛家生活的时候，他便不食肉，不娶妻，八九年都是这样。近来看到做佛家生活的非是，而一出房门，从种种方面观察，似乎都是朝着孔子的路子走，而于孔家哲学，觉得很合脾胃，所以决然舍掉佛家生活改作孔家生活，而不食肉之禁也解除了。去年冬间，又复与某女士结婚。结婚的前几日，尚有信给我，报告他订婚的经过，大体不外孔子所谓好德不好色之意。可知梁君的生活，确实与他的思想见解是成一整个的。我看一个人，既有机会求得知识，便应该知道去用心思，或是想着我每日干些什么？我每日是这么干，有什么意思？有什么好处？或是想着我自己做人，还是依照着古训做人呢，还是本着家训做人呢，还是我自己虽然见得到做人的道理，只是旧社会习惯不容易打破，我不得已只好顺着做去呢，还是一切不顾一瞑不视地依照自己的见解做去呢？这些问题，如果在心思稍为开发的人，必会连续不断地自己去发问，如果是意志稍强的人，必会奋然去谋自身的解决。但若是生性庸懦或是脑子简单的人，当然不会打量到这些问题上，或是进一步谋这些问题之解决。我听了梁君"生活与思想见解成一整个"的话，便不觉引了我一大段的议论。我今天的话，太讲长了。望诸君把我这些批评听了，再加一次批评。

科学与哲学、宗教三者之类似点[①]

今日得与诸君聚首一堂，兄弟心中觉得很愉快的；又见诸君男女同学，男女在学问上争得同等的地位，这是兄弟更为学问前途抱乐观的。今日演题，为《科学与哲学、宗教三者之类似点》。本来它们三样的东西，谁盛谁衰，是不一定的；就历史看来，它们各个都占领过人生的兴味的全部。德国哲学家倭伊铿把这个叫作"新踏玛"（syntagma），就是以不完全的理想支配人生之全部的意思。这个"新踏玛"，最初是宗教；哲学和科学是同时起于希腊的，后来哲学做了"新踏玛"，再后来科学又做了"新踏玛"，到了现在，它们虽是谁也没有做"新踏玛"的意思，但它们将来究竟如何，是测不定的。宗教做"新踏玛"的时候，把神说明万有；哲学做"新踏玛"的时候，把心说明万有；科学做"新踏玛"的时候，把物理说明万有；但无论是哪一种，都是人心的大活动一种表现，不过有程度的不同，到了现在，自然是程度比前高多了。现在说说它们类似的地方。

[①] 本文是李石岑在宁波浙江第四师范的演讲。

(一) 三者之目的

第一个目的，就是在现象世界许多的事物当中，发现秩序出来；这是科学一个大目的。第二个目的，就是要得一种预见力，将来有什么事起来，现在可以拿定几分。第三个目的，就是由知识和预见力可以支配自然界，因而增进人生之福利；这是科学的实际的目的。这三个目的，是科学和哲学宗教所同有的。宗教这种东西，好像不一定照上述三个目的所说的，譬如科学，它所管的是有形的客观世界，宗教所管的是无形的主观世界，哪里能够有一样的目的？但是过细一想，宗教所管的无形世界，不也有无数的事实吗？宗教不也是由许多的信念，发现一切事物的秩序，可以预见到由一定之作用才生出一定的结果吗？不也可以得到一种避心灵界所起不利的经验而唤起有利的经验之支配力吗？那就科学和宗教的目的，也没多大不同的地方。况且科学和宗教，都是注重满足人类之实际的要求，那两者相类似的地方，更是不消说了。哲学稍为不同，哲学注重在满足人类知识的要求，它的目的在总合一切现象或经验以发现组织的秩序；而发现这种秩序时，它是把一切事物，看作在合理的关系之中的，把一切事物，看作在支配的一个大原理之下的，所以是不同些。但最近的哲学，情势又变了；什么合理的关系，支配的原理，都不是从前那种东西。上面所述的三个目的，哲学也是有的，不过是不大显明，和不大确定罢了。

(二) 三者之出发点

科学和哲学宗教，都是从经验出发。从前的思想家，以为宗教的起源，是在神的奇迹或特殊的显现之动作里面；科学和哲学的起源，是在人类观察或推论客观世界之动作里面；但在近代，这种思想就不行了。我们生在世间，哪一时哪一刻不是与实际的经验有密切关系的？我们除开经验，什么知识得不到，什么事办不动？所以科学和哲学宗教都是由经验产生的。初代的人类，和今日幼稚的人类，都是仅仅把说明不出来的例外的事，看作神秘；但是在已进步的人类，他于一切事物之中，处处可以发现神秘之活动和显现，这就可以见宗教和经验是有密切关系的。科学是纯靠实验的东西，那更不消说了。就是哲学，也是离不了经验的，如若不然，那种哲学就不免倾于无益的思辨，而陷于迷妄了。近来詹姆士、杜威、席勒等这些新派的哲学，都是由经验出发。可见哲学和科学和宗教，都具有共同的出发点；但因关于经验的问题和研究的方面不同，所以性质就大相异了。

（三）三者之研究方法

科学是根据观察和实验，哲学是根据推理，宗教是根据信仰，才能各立一门，这是一般人所推想的。谁知道三者都是以臆说（Hypothesis）为基础。我们所认为真理，都不过是由实验判断我们自己的臆说罢了。我们最初有一种信念，后来由这种信念，得了一种确信；这种确信，就成为一种真理。我们所主张的真理，就不外主张这种确信罢了。这种确信，并不是用理论或实验可以充分证明的。譬如科学上所讲的引力，哪个不信引力是弥满宇宙的、是普遍的，然而想充分证明引力是怎样，毕竟是办不到的。这种引力说，最初不过一个人的臆说，后来用实验判断自己的臆说，或扶植自己的臆说，日渐月靡，就好像确实有这种东西一样。于今物质界说明种种运动，没有不奉这种引力说为金科玉律的。实则这种引力说，果能通用宇宙万物之全体与否，无从而观察，也无从而实验，所以只好说它是一种信念。又如哲学上所认为论理上的原理，莫不称它是一种永久的普遍的东西，并说它在极远的星的世界里面，都可以同样地认它为真理；但这个真理，一观察不到，二实验不到，这不又是一种信念。这样看来，在科学上和哲学上，所认为真理，都是一种臆说，最初以为是确实的，后来由经验把它否定了，后来又因为忘记了这段情事，又把它当作确实，又把它当作真理款待的事体，也是时常有的。可以说得是由新经验而变更其臆说，由新臆说而变更其真理。又如宗教上的教理，也是这样。由宗教的实验，打破旧思想，建立新思想，其后因种种缘故，知道新思想错了，又还到旧思想。这像法国大革命时宗教的思想不定，就是一个好例。总而言之，无论是科学是哲学是宗教，它们的研究法，虽各个不同，然而论到由经验法，去判断自己的臆说，那就它们没有什么区别了。

（四）三者之权能之制限

现在一般人，大概是说哲学比宗教的力量大，科学比宗教的力量尤大；以为科学可以知道世界开辟以来的历史，又可以预知将来的趋势。若是宗教，它虽对于神，对于人类，对于人类死后的状态，可以说些什么，但它的思想，都是茫然漠然，不能称它是知识。这种人对于科学研究是极浅薄的，所以说这种话；若是研究科学最精深的人，他就知道关于世界的过去及将来所谓科学的知识，多半是想象的，那茫然漠然之点，多半是不能免的，那就不至于说这种话了。这种想象的，虽不是空想，但也不得称为确实的知识。今日科学所倡的学说，不确实的点还多着呢；这样看来，科学的权能，也就有限了。一般的人只说宗教的权能比科学的权能小些，哪晓得宗教所解释的问题比科学的问题难得多；科学者所实验的，与由他的实验所得的推理，都比宗教容易得多。科学所研究的是有形的事物，尚且不能给我们关于宇宙及人生的完全的知识，难道宗教研究幽界无形界事物的，反可以责他给我们完全的知识吗？凡关于无形的问题的解决，专靠着宗教，专责备宗教，这哪里又是正当的事情？平心论之：科学和宗教的权能，都是有限的，谁也不能责备谁，若只说宗教的权能小，那在科学盛大的今日，专以科学处置自己的全生涯的，何以极少？科学的知识最富足的，反而依赖宗教上的信仰的人，何以极多？这样看来，科学的力量，到底是有限了。不光是科学，哲学也是如此。哲学的力量极小，范围极狭，这是研究哲学的人自己承认的话。英国的罗素（Russell）就是一个。他说世界上哲学家，都是一些蠢人；他在他所著的《哲学上之科学的研究法》里面，说今日尚不是对于全宇宙立一个组织的学说的时期，今日哲学的权能尚小；我辈但当努力去发现个个新事实，不必太看重了哲学。这样看来，哲学不能给我们完全的知识，也犹之科学和宗教不能给我们完全的知识，其间不过有五十步百步之差罢了。

（五）三者之实际的价值

照上面所说的，三者的权能，都是很小，但人类由它们三者所得的幸福，实在是很大的。就科学上言之，人类对于物理的境遇，明白了解，凡自然界的事物，都比较地可以辨别其性质和用途，在各方面所得的知识，实在不少，由此可以获得许多身体上的福利。就宗教上言之，人类对于心灵的境遇，比较易于了解，既可以识得人生的意义和价值，又可以获得高尚的理想和动机，把自己的生活，弄到最丰富最良善的地步；今日世界几亿万的人类，或不知道科学和宗教二者理论上的困难，或虽知道，而仍不能不听科学和宗教上所教导我们的话；这两种人，无论如何，都是受科学和宗教实际上的福利很不小的。哲学又何尝不然？真正的哲学，必定给我们实际上的利益。虽然将来理论上的解释，有难于措辞的地方，但是目前能够得到哲学上几分利益，也就不妨暂且把难解释的地方搁置；因为哲学上完全圆满地解释，不特今日办不到，就是将来也未必办得到，况且想完全圆满地解释，必不免与科学上、伦理上、宗教上的实际生活发生冲突，岂有为纯理上的难问题解释之故，而抹杀我们实际生活的道理？所以今日的哲学，没有一个不看重实际生活的；像詹姆士倡实用主义，席勒（Schiller）、杜威倡工具主义（Instrumentalism），都是把实际上的利害关系看得重，把纯理上的解释看得轻，就是这个道理。

（六）三者之最近之倾向

三者最近的倾向最显著的，可以分两种说明：一种是人性；一种是艺术。先就人性推论与三者的关系。现代的宗教，就不是从前那种超越人类之经验以上的绝对神的宗教，不是有什么特种之体制的（像教会），特别之真理的（像天启），特殊之人格的（像耶稣、释迦乃至僧侣），特别之日期的（像日曜日），特种之礼拜的。今日的宗教，乃是人性的宗教（Religion of humanity）。一切的人都是可尊敬的；一切的物件都是神圣的；一切的时间都是贵重的；无论什么神木呀，松木呀，杉木呀，都是神圣的；无论什么日曜日呀，土曜日呀，金曜日呀，都是神圣的。我们的生涯，不像中世纪所说的，为来世的准备的生涯，乃即在我们自身，就是真实的生涯。我们的生涯，是肉感的，不是梦幻的；是在地上的，不是在天堂天国的。我们的信仰，不是信仰过去的历史，不是信仰哪一个人，不是信仰哪一部书，乃是信仰我们自己。我们想从精神上磨炼我们自己的人格，才有宗教；我们想谋现实社会的幸福，才有宗教；我们想谋宇宙人生时时刻刻的创造的进化，才有宗教；这就是宗教处处和人性发生关系的最近的倾向。

再论科学，也是处处与人性有关系的。诸君莫以为科学上所定的法则，就是普遍的，就是永远不易的。须知道凡科学上所定的法则，都是以人性为转移；我且举一个例说明。如三加五等于八，这不是人人公认的吗？其实三加五不一定等于八，或者等于七，或者等于九，都是看我们社会生活的便利如何而定的。我们今日认三加五等于八，就是因为以八计算于我们社会的生活，很觉得便利。如日本富士山的高，我们只说有一万二千尺；这是因为一万二千尺的地方，就适于我们日常生活，若在一万二千几百尺几寸几分几厘的那个地方，因为空气稀薄的缘故，我们人不能去，就不适于我们的日常生活。所以我们只能说富士山的高度，是一万二千尺；而富士山真正的高度若干，也就不能去管了。又如圆周率3.1416，这是由四舍五取法，模模糊糊算出来的；若是论到它实在的数目，为3.14159……，但3.14159……这个数目，得不出圆周率，假如我们要造一个圆池子，就动不得手；但圆池子是急于要造的，所以只得把模模糊糊的3.1416那个数目，拿来用一用。我们日常所用的科学上的法则，都是这种东西。由此可以知道科学上的法则，都有可动性（Mobility），只看我们如何去用它罢了。

再论哲学。二十世纪的哲学，可以说得完全是人本主义（Humanism）的哲学。鹤耶尔巴哈（Feuerbach，现一般译为费尔巴哈）说："神是我们最初的思想，理性是我们第二的思想，人类是我们最后的思想。"可以想到人性在哲学上的价值了。詹姆士的哲学，完全表现在他的认识论；但他的认识论，完全以我们人类的情意生活之利害关系为主。布赛尔（Bussell）他说世界要人格的努力才有意义。现在的哲学，莫不是以发挥人类的真价值为唯一之目标。凡前定一切假定及Aptiofi都尽量排斥，专就人性上着眼，以督促我们的努力。这就无论大陆派和英美派的哲学，都不出这个范围了。

科学哲学宗教三者最近的倾向，都含有人性的意味，已经说明大略了；现在把含有艺术的意味的，说明一下。

艺术在二十世纪所占的位置，算是高过一切了；不过今日艺术的思想，还未见得流传各地，然它的价值，是一天高似一天的。艺术美和宗教美，本来是不一致的；从前以艺术所给我们的美的爱慕到了极点，不免有一种凄凉之感，那时就从艺术的爱慕，转入到宗教的爱慕了。于今这种情形又变了。上面所述最初的艺术的爱慕，固然是属之艺术，就是最后的一种凄凉之感，也是属之艺术，并且是艺术的最高品。譬如男女间的恋爱，最初那种浪漫的爱，固属是爱；最后那种愁叹的苦，也是属之爱的范围。胡适之先生有四句新诗，他说："也想不相思，可免相思苦！几次细思量，情愿相思苦？"我恐怕就是这个意思。从前说宗教是美的基本，现在不然；现在美是宗教的基本了。这件事容易于体会，我们赏鉴艺术的时候，我们如果觉得心中与那艺术品格外融洽，那时便忘记了有我，便觉得我完全融合于美的里面，就是心魂都不免为之摇荡；那种艺术品，并不限于哪一种物件，宇宙之间，可算是一个大艺术品的贮藏所。譬如月呀，花呀，星呀，雪呀，巍巍的山岳呀，洋洋的海潮呀，郁郁的森林呀，茫茫的平原呀，旭日东升时的村庄呀，夕阳西坠时的湖畔呀，都有一种特独之美、郁在里面；假如用田园诗人班兹（Burns，现一般译为彭斯）和自然诗人沃慈韦士（Wordsworth，现一般译为华兹华斯）的心境，去观察万象，哪一种对象不可以艺术美之爱代宗教美之爱。蔡孑民先生有一篇《以美育代宗教》的文字，恐怕就是这个意思，我们却不可轻忽看过了。

再论艺术在哲学上的位置。真正的哲学，不在概念的堆积和整齐，而在直接的内的经验之思想的表现。直接而纯粹的内的经验，把他当作存在的本质的时候，那就是最近哲学之新趋向。直接之内的经验，若是把它叫作直觉，那么，那种直觉，可以看作生命一样，是日进不已的。宇宙生命，固然是不断的创造，但是直接的内的经验，也是不断的创造。那自己表现，就是这种创造的活动，哲学就是从这里面生出来的。大凡一个哲学者，每每免不了要表现神秘的直觉。既已表现，那么，就不可不为象征的表现；近来哲学上、艺术上都喜欢用象征（Symbol）这个名词。康德把象征的认识看作直观的认识；后来谢林（Schelling）他简直把美看作象征。这样看来，艺术就是象征的骨子；翻转来说，也可以说象征是艺术的骨子。但哲学是靠象征的表现的，所以艺术的气氛，在最近的新哲学里面是极浓的。尼采和柏格森的哲学，泰半是以艺术的气氛发表他的哲学；他们两人的哲学的著作，都可以说是一种艺术的表现，这可算是艺术在哲学上的趋势了。

再论科学。最近二十世纪最显著的趋势，不特哲学带有神秘的象征的精神的色彩，就是自然科学，也带有形而上学的象征的哲学的色彩。所以科学和艺术相接近，或是和艺术相融合、相调和，都是处处可以看出来的。艺术之整齐的、致密的，常常表现于科学方面，那是不消说了；艺术最富于象征的精神的色彩，科学有了艺术做它的骨子，那科学也就不是一种死科学。近来英国的洛治、意大利有名的法医学者罗姆布洛索（Lombroso，现一般译为龙勃罗梭）、法国的天文学者弗拉姆玛利安（Flammarion）、英国的化学者克洛克斯（Crookes）这些人，都是对于象征的精神的方面的研究极热心的；可想见今日的科学界面目一新了。

上面所讲的六项，第一项至第五项，是参取美国鸠里克的意思，第六项是我自己的意思，但都发挥得不圆满。很愿意再有机会论到本题，或者将来撰成一专篇，求诸位的指正。

柏格森哲学与实用主义之异点①

　　两次承姜伯韩先生函邀，今日得与诸君讲学一堂，并得借游西湖之名胜，这是兄弟所最欣幸，对于姜先生所最心感的。今日演题为《柏格森哲学与实用主义之异点》。讲此题之先，当先说明柏格森哲学是什么，实用主义是什么，然后讲到它们的异点，那就更明白些；只可惜时间不多。今日只得单就它们不同之点说说罢了。

　　Pragmatism 这一个词，有译为"实验主义"或"实际主义"的，兄弟何以又译为"实用主义"？这是各人的见解不同，译为"实验主义"的，或者是从"实验的方法"着眼，或者是从"直接经验论"着眼；译为"实际主义"的，或者是从"实际的效果"着眼；兄弟译为"实用主义"是从"利害关系"着眼。今日所讲的，泰半就詹姆士的实用主义说话，这是我要最先声明的。

　　主情意主义，是反对主知主义而起的，想诸君都是很

------

① 本文是李石岑在浙江杭州省立第一师范学校夏期讲演会上的演讲。

知道的，他们两派的哲学，都带有相同的色彩。原来我们总是把"知"字看作在"情意"二字之先，以为先知道某事——这是知；然后对于某事发出一种喜欢不喜欢的念头——这是情；最后决定去干某事——这是意。其实这种次序，在今日的哲学看来，都是颠倒的。我们的真知，一定要在情意之后；对于万事万物，最初接触不接触，就全靠着好恶的感情；既经接触，就是好的表现，接触之后，乃能知道那事物究竟怎样。譬如游西湖，最初是由于我们爱西湖，爱西湖是情，游西湖是意，既游过西湖，乃知道西湖的好处，这才算是知。所以今日的哲学，都是从"情意"二字出发；这个次序，看似颠倒，实则稍加细按，即便了然。柏格森与詹姆士，都是反主知主义最有力的。于今要说明他两派哲学的异点，不可不先就反主知的几家重要学说，略说一下。

直觉说。本来感觉知觉，从温特（Wundt，现一般译为冯特）说来，是一种心的综合。综合的和具体的直觉，为日常普通之事，绝不是困难的，绝不是奇怪的。从看重直觉的思想的人说来，凡偏于理知的思想，都是浅薄的；凡非综合的具体的知识，都是虚伪的。这派人以直觉全体为必要。

主意说。此派人以为直觉说尚有不彻底的地方，乃从心理的见地，建立一个主意说，谓心理上的情意作用，比知的作用，更为根本的。今日从观念联合去说明精神作用的思想，已经废了，大都是以注重精神全体的活动的冲动为基础。所以观念非根本的，非独立的。精神作用是从活动出来的，所以各种作用，不过是全体的一方面。于今取主意说的心理学家，都是把心看作全体，不分析去说他。如温特虽从"分析"说明心理现象，詹姆士虽从"排斥分析"说明心理现象，然而他们的根底，却是一致的。这派人只看重意的方面。

本能说。一切精神作用，不过为生物体之生活的方便；而生活之方便，本能为最便利的，理知实居第二位。种种之生物中，种种之作用，都同时发达；于是本能以外，又产生理性之力；学问就是从这里发达的。所以理知是末，本能是本。柏格森与席勒（Schiller）都是这一派的。

我于论柏格森哲学与实用主义之异点之先，为什么述及反主知一段？是因为与我所述两派异点，都直接间接有关系的，此点既讲述大略，然后好析出两派哲学不同的地方。

（一）默实在根本的肯定

这是论到两派哲学根本的异点，就是说他们对于默实在（Dum reality）的见解有不同的地方。原来主知主义，是偏于思维的法则，轻视直接经验的。我辈的经验，虽在为构成知识内容之要素时，微有价值，然构成作用，以全属主观之自由之故，几乎不承认经验是有价值的，反以经验为有误真正理知的。所以合理论者之所谓实在，全属主观之物。实用主义不是这样；实用主义认定"默实在"是存在的，但那种默实在，不为主观之法则所规定，亦不与生活关系相接触，无论对于何事何物，都不表出一点意见。詹姆士对于默实在虽认定是存在的，但也没有什么话积极地论到默实在是怎样怎样；这一点是与康德的认识论相一致的。但康德与詹姆士不同的地方，就是康德以先天的所定的范畴为根据，而以从默实在所得之感性经验嵌合之；詹姆士先就破坏那种根据，完全以我们的生活经验为基础，以自由的构成有效的知识。所以康德是静的，詹姆士是动的；康德是合理的，詹姆士是经验的。

对于默实在的本质，毫没有表出一点意见，那是历来的主知主义和实用主义都没有不同的地方；但是实用主义把默实在的存在，看作诉讼依赖人一般，也不管法官如何判断，也不管辩护士如何争论，自己只管在旁边听着；这一点虽与主知主义不同，而与柏格森却是共通的。这里应当注意的，就是默实在的存在的认定法。实用主义虽认定默实在，但它的内容，是不能知道的，就想说点什么，都不是说的默实在，必定先要把它翻译为我们的实生活的关系，方好去说它。譬如主知主义它把默实在翻成思维的法则，实用主义它就把默实在翻成利害关系；又譬如"二十七"，由我们的要求或利害关系，可以有种种说明：三之三乘，也是二十七；三之九倍，也是二十七；二十六加一，也是二十七；一百减七十三，也是二十七。以外还可有无限的说明，但"二十七"那个东西，还是默默然在那里蹲着。所以实用主义所说的，都不过是利害关系的翻译。若把这些范畴的翻译和利害的翻译都拿掉，单就默实在的本质和作用，去积极地绝对地把捉它，那就是柏格森的哲学了。这里可以列一个表：

主知主义 —— 否定默实在 —— 理知的 ⎞
实用主义 —— 肯定默实在 —— 利害的 ⎠ 空间的相对的见解

柏格森——把捉默实在——直觉的——时间的绝对的见解

这点虽是细微的不同地方,但别的异点,都是从这里发生,却不可不注意。

(二) 宇宙之实在之无限的流动进化

世界不是不变不动的,是常常变化、流动、发达的;世界不是整然调和的东西,是有矛盾的,有缺点的,有苦痛的,有丑恶的,所以世界才有希望,才有胜利,才有自由,才有发达。凡人类思想活动的地方,那世界就要起激烈的变化,可以说世界之进步发达,就是人类之进步发达。这些见解,詹姆士与柏格森原是相同的,不过根本的地方,却不一致。我前头已经说过,实用主义不过是默实在之经验的利害的翻译,毫没有把捉得实在的 Opiginality;詹姆士有一句话,他说"We may glimpse it, but we never grasp it",这就可见得实用主义的真理,不过是翻译的真理,还没有达到本质的根本的绝对真理的地步。柏格森就不是这样,他把翻译的知识脱掉,想把绝对的真理得到,就是想把默实在积极地去拿在怀里。所以同是说实在的进化,柏格森所说的,是实在那件东西,时时刻刻地进化,不像詹姆士所说的是利害关系的世界的进化。换一句话说,柏格森说的,不是生活之知识的进化,是生命自身之不断的进化。

(三) 欲认识绝对的真理,须超越实用主义的生活

这里是说到两派哲学,关于真理的意见。我们把实生活看重的时候,自然把知识看作第二义了。知识当作生活之方便或工具的时候,方有价值。从实用主义说起来,于

我们的生活，有效果的，有用的，方是真理；此外都不是真理。故生活比知识还要实在些，知识不过是生活的手段。这个论法，是与柏格森相同的。然柏格森不像实用主义那样以从利害上所演出之空间化的知识为唯一的真理。柏格森不仅不像，并且猛力反对。他说真的知识——绝对的真理——不仅由思维的法则得不到，就是从生活之利害关系，也得不到。一定要超越一些约束才行。所以要脱却这些相对的、翻译的、幻影的知识，才能认识绝对的真理；换一句话说，就是要去掉实在的空间化，拿住纯粹时间，即拿住倾动，方是柏格森真正的哲学。

（四）脱却"一切不变的固定的见解"之知性

我们日常使用的知识，虽没有拿住绝对真理，然于实生活很有必要；这是什么缘故？因为绝对真理有不可分割的持续性，不能即刻应用于生活。应用于生活，必在翻译为理知的形式或利害的关系之后；故科学的知识，于生活为必要，是不待言的。柏格森并不排斥科学，不过不以科学为 orignal 之知识。他所以说科学于空间的物质的生活，虽有必要，而于精神的流动的生活，却是不充分的。并且科学的知识，到底拿不住绝对实在。若单就认知识和科学的生活为必要一点言之，那柏格森也是一个实用主义者，但这是他的消极的方面，若就积极的方面言之，他不是一个实用主义者，乃是一个真正之哲学者。柏格森原想从翻译的知识得到原文的知识，所以对于一切的翻译者——理知之约束羁绊——欲从根本脱离之。实用主义之排斥理知，是以各个的经验为根底，不赞理知之一般化性，而主张相对性和多元性。柏格森之排斥理知，不仅不赞成理知之一般化性，并且不赞成实用主义之经验化性和多元化性。实用主义虽反对理知，以为他所得的都是翻译的知识，而自柏格森眼中看实用主义，他又以实用主义所倡的利害关系，也是一种翻译的知识，所以都不彻底。柏格森乃是想拿住纯粹之绝对知识，就是想把捉实在之流动性。所以柏格森之反主知，比詹姆士更进一层了。

我将两派哲学紧要的不同之点，大概说完了。实用主义自提倡文化运动以来，已是风行各地，而柏格森哲学，绝少论列的人，这未必不是学术界的一个缺憾。柏格森的哲学，还是方兴未艾的；柏格森目下正在著美学，美学成功后，就打算著伦理学。柏格森统系的学说，还未完全发表，我们今日批评柏格森，当然是不容易的事。兄弟选这题目的缘故，是因为现今世界，柏格森哲学和实用主义所占的地盘很大，所以不能不勉强把它们拿来比较一番。

就中有一个尼采，也是一个实用主义者。Thilly 著哲学史，把他列在詹姆士、杜威之后，称他们三人为实用主义派；但是国中畏尼采如虎，不敢对于尼采有所论列的。其实尼采之权力意志（Will to Power）说，不仅是实用主义派的健将，并且与柏格森"生之冲动"说有许多暗合之处。我作了一篇《尼采思想之批判》，登在《民铎》杂志第二卷第一号上，专说明尼采。我以为尼采学说，倒有许多救正中国人的地方，望诸君稍为留意。

杜威与罗素之批评的介绍[①]

自五四运动以来，新文化之声浪，日高一日。这是一种很好的现象。但传来的思想，都是断片的，没系统的，并且各派思想，不能说不相背驰，倘若我们不把它清楚分别出来，那就不特不能受益，反叫我们迷于适从，或者更惹起许多烦恼。须知哲学是叫我们人生的行路的，不可不有所选择，杜罗两哲到中国来演讲，他们的思想，影响于中国的，必非常伟大；但他们俩的思想，是根本相反的，倘若杜威叫我们向左走，罗素又叫我们向右走，那么我们究竟听哪一个呢？所以我们第一着，要找出他们思想的原委；第二着，我们要把我们自己，放在思想当中，做一个裁判人；第三着，才依照新思想行事，这个次序，是一毫不可乱的。现在英美两大哲学家，通同到我国来了，我恐怕一般人一时找不出他们思想的究竟，所以预先做一个批评的介绍。

哲学不过发明真理一部分。能发明一部分真理，即于

---

① 本文是李石岑在湖南省教育会的演讲之一。

哲学上大有贡献。杜罗两人的哲学，各人都只有一部分的真理，我们信从与否，总要取批评的态度。罗素著有一本书，叫作《哲学上的科学方法》，现在且借这部书所分的派别，说明杜威和罗素的地位。这书将希腊以来的思想，分为三派：（一）古典派，如柏拉图、康德、菲希特、黑智尔诸人属之。他们以天赋的理性，推知万事万物，不诉之具体的经验。此派为罗素所反对；（二）进化论派，如达尔文、斯宾塞尔、柏格森、詹姆士、杜威诸人属之。他们以生物学的眼光，说明万事万物，此派亦为罗素所反对；（三）新实在论派，如罗素莫尔（Moore，现一般译为罗素穆尔）、亚力山德何尔德（Holt，现一般译为亚力山德霍尔特）、马汾（Marvin）、孟特鸠白黎（Perry，现一般译为孟特鸠培理）、皮特金（Pitkin）、斯坡尔丁（Spaulding）诸人属之。罗素则以《论理的原子论》阐明其哲学上的主张。这样看来，杜威和罗素显系立于相反的地位。现在已将派别说明了。且先介绍杜威的学说。杜威所主张的是"实用主义"（Pragmatism），他在哲学史上，位置虽不甚高，但在美国，除了詹姆士，论到"实用主义"派，他要算是第二人了。他的哲学，是从主意出发。自希腊以来，柏拉图看重理性，卢梭看重感情，康德把知识意志感情三者并重，后来由菲希特、叔本华、尼采、帕尔逊（Paulsen）到温特（Wundt）便通同只看重意志，甚至把意志看作精神生活的根底。近代的学者，大概立脚在意志说上，把知识看作意志的派生物。杜威以为知识是"在某物之后从某物而生"的东西。他所说的某物，便是意志。这样推论下去，那知识不过是我们生活的机关罢了。论知识靠得住靠不住，还要从实行的效果上去证明，这便是"实用主义"的精髓。关于这点，只有詹姆士说得最透彻，现在我要略略先把詹姆士的主张介绍一下，然后再论到杜威的主张。

詹姆士为理性派与进化派中间之调和派，他以为真理便是满足我们的要求。我们破坏旧习惯旧信条，无非为满足要求起见；然而人类常感着不满足，欲求满足，即起变动，世界社会革命、政治革命，多是受詹姆士的影响。詹姆士的真理，既是满足要求，那么真理的标准，就是"利害关系"四个字。这是詹姆士"实用主义"特色。詹姆士本这见地，所以说真理不是不变的，也不是普遍的。真理乃是随时随地而变易的东西，与杜威所说"这地方和这时候"（Here and Now）的真理说正相同。詹姆士由这样的见解，推论真理是进化的东西，可见得詹姆士在哲学上的贡献，真是不小了。不过杜威也另有一种贡献，便是他的经验说。有他的经验说，于是理性派和经验派的争论，唯心和唯物的争论，凡从康德以来的知识问题，都一切得了调和，或是改了面目。他著了《创造的智慧》一部书，其中解释"经验"二字，计有五条：（一）从前以为经验便是知识，其实经验是我们对于自然环境和社会环境所起的交涉；（二）从前以为经验是主观的，其实是客观的事物和人类的行为相接触所生的种种变迁；（三）从前以为经验是过去的，其实经验的主要性质，在联络未来；（四）从前以为经验是个体的，其实经验乃在应付环境，经验中有许多连带的关系；（五）从前以为经验和思想是相反的，其实经验中有思想，思想中有经验。杜威有这种经验的学说，所以他对于伦理上和教育上，有绝大的贡献。譬如从前的伦理学，有动机论和行为论的争点，杜威则以为动机中就有行为，行为中就有动机。又如他的教育学说，也是发前人所未发的。他说学校就是社会，社会就是学校，学校是一个小的社会，社会是一个大的学校。今日世界的群众运动和学校的社会中心运动，何尝不是受他这种教育学说的影响？所以杜威在学术上的贡献，也另外有一种可记述的地方了。

把他的学说总括起来说几句，便是：（一）经验便是生活，生活便是应付环境；（二）经验是思想的表现，思想是应付环境的工具；（三）哲学不是讨论什么"本体""实在"等那一类东西的，乃是讨论人的问题的。

杜威的学说，约略介绍了。现在把罗素的学说，也做一个简单的介绍，然后将他们俩的学说，比较一比较。

罗素是一个科学的哲学家，但他近年来，喜欢谈到改造社会的实际问题，于是一般人加他以"昔日的罗素和今日的罗素"的徽号。其实他的主张，原是一贯的。他应用科学的哲学，说明社会哲学，怎见得有今昔之不同呢？

罗素的哲学，是受来布尼疵（Leibniz，现一般译为莱布尼茨）《单子论》的影响的。来布尼疵以为宇宙都由许多单子集合而成。所谓本体，乃由论理学上主宾两辞联结显出来的。由主宾两辞的关系，导出本体和属体的关系，因而导出他的《单子论》。罗素的《新伦理学》，就是由来布尼疵《单子论》所引导出来的。不过述罗素新论理学之先，须知道有两个显著的倾向：一为新数学的倾向；一为新物理学的倾向。就前项言之，俄国数学者罗拔邱斯基的见解，以为普通几何学的公理，都靠不住，譬如几何学上说平行线任何延长不相交，这个公理，没有一个人能够证明，每年欧洲学界悬赏证明这个公理，卒之没有一人能够答复，到了罗拔邱斯基他才说平行不相交，原是独断的假说，乃特地提出"平行线必相交"的正反对的命题，立于这种命题之上，就叫作新数学。这种见解，看似奇特，实则不是这样解释，在天文学上，便说不过去。他所以说现在普通所认定数学上的公理，都要改造才对，不然，一错百错，那更不了了。和这种新几何学的发现相前后，又有所谓新物理学，新物理学谓牛顿的四个原则，在严密的意味讲来，都不能应用，这在实验学者里面，早就承认了。马哈一般人倡"新物理学之可能"，那是十数年前就有的事。到了爱因斯坦，就成了现今赫赫有名的相对论。爱因斯坦的意见，以为运动的现象，什么距离时间，都是相对的现象，这种现象，绝不是牛顿四原则所规定的那种普遍的东西，牛顿的四原则，立于极狭的经验范围内，牛顿不过把他小小的原理，大应用而特应用罢了。热之力学，天体之引力现象，都不适合于牛顿的原则。这是实验科学者所公认的。于是引出罗素的新伦理学出来。罗素的新论理学，是怎样说法呢？

欲说明罗素新伦理学，不得不把罗素对于数学的解释，先说一说。从前数学的公理，都以为一部分是比全部分小些，但是新数学的基础观念，不以量为标准，乃以点为标准。以点为标准，那就一部和全部，都没有什么大小的区别。换一句话说，一部分之中所含的点数，和全部分之中所含的点数，都是无限的。由这种观念所成的数学，在一般的人，虽觉得不可思议，其实这种数学，不特饶有成立的余地，并且可以促成合理的科学。这种数学之批判论理，可以说罗素是开拓的第一人。罗素在这种新数学里面，把一切量都换作 Orders 呀，Series 呀，Classes 呀这类论理的用语。因而把 Orders、Series、Classes 这些用语应用到一般哲学问题上。即如时间，空间，心理现象，物理现象，也莫不把这种观念来处理它，所以依罗素的数理哲学说起来，时间并不是 Duration 的问题，乃是特种的 Order 或 Series 的问题；空间也是这样。物理现象，也不是物质的问题，乃是特种的抱住 Order 或 Class 心理现象，也和物理现象一样的解释。于是把时间空间，看作什么客观的实在性呀主观的形式呀那些怪议论，都自然消灭了。罗素既彻底地从数学上的点出发，但这些点散在宇宙，若没有连缀和排列的方法，怎么会组成宇宙和人生呢？讲到这里，就不得不靠论理学，于是罗素的新论理学，就从此出来了。

　　罗素近年乃由他的新伦理学，渐渐形成他的社会哲学。他近来所著的《社会改造原理》《达自由的路》《政治理想》，那几部书，都是发表他对于社会改造上的意见的。他自从欧战勃发以来，他便觉得从前那般制欲派的学说，都靠不住。欧洲的空气，哪一处不是高唱博爱，怎么会有互相残杀的欧洲大战呢？博爱非不可讲，但不是从前那般制欲派的讲法，须得着眼于"冲动"二字才是。冲动实在比意识的目的还有力些。冲动分两种：一种是创造的冲动，一种是所有的冲动。创造的冲动，譬如教育呀，恋爱呀，宗教呀，都是创造冲动的产物；所有的冲动，譬如国家呀，战争呀，财产呀，都是所有冲动的产物。凡是为创造冲动所驱使的那种社会，便是最善的社会；凡是为所有冲动所驱使的那种社会，便是最恶的社会，虽则严格说来，"所有"中不免含有"创造"，"创造"中不免含有"所有"，但罗素的社会哲学，是主张减少所有冲动，增加创造冲动。他本此立定两个原则：（一）发达个人或团体的生长；（二）减少个人或团体的牺牲。

罗素的学说，大约就是这样简约地介绍算了。现在我把杜威和罗素两人的学说，比较一比较。虽则他们两人的主张原不相同，没有比较的标准；但是现在他们两人同时到我国来，我们骤然听了他们两方面的学说，不免发生谁去谁从的感想，倒惹起许多的疑惑。所以我率性把他们比较一下，或者对于他们学说的去取，更有把握些。

他们两人最显著的不同点，便是真理观。杜威的真理，是随时和地而异的；罗素的真理，是无论何时与何地，都是中立的。可以说杜威的真理，是为幸福起见的真理；罗素的真理，是为真理起见的真理。

其次杜威以生物学的见解，批评一切。以为人是生物，必先讨求得生物上的真理。罗素便最不满意这点，他以为生物不过是宇宙一小部分，哪能以生物概宇宙的全体，并且生物又不能做科学的规范，拿生物学的见解去讨究真理，哪有是处。

杜威因不满意从前理知派的主张，所以凡是柏拉图那一派的学说，都尽行反对。罗素因为最重图式的见解，所以倡柏拉图复活。

但他们也有相同之点，便是主张多元论。又他们的哲学，都是为反抗向来哲学上见解而发的，这也可谓具同一的精神了。

至于他们两人学说的短处，我觉得杜威太偏于功利，不免把人生说得太无意义了。罗素太偏于图式化，不免把人生说得太无价值了。况且杜威的长处，并不在哲学，乃在教育，他的教育学说，也不见得有多大的发明，不过糅合旧时各种学说，做一个调和人罢了。罗素虽发明二冲动说，但二冲动说，乃是脱胎于斯宾诺沙的二感情说——能动的感情、受动的感情，也不见得发前人所未发。所以我对于他们两人的学说，都不十分赞成。我比较赞成且加上佩服的，便是法国柏格森的哲学。柏格森的哲学，可谓取杜罗两人的长处，去掉他们的短处。

人生哲学大要[①]

我所认定的人生哲学，不是伦理学，也不是道德哲学，乃是讨论人生观的学问，是讲各人对于人生的感想的。我今天所讲，乃是讲我对于人生的感想，便是我的人生哲学。我在一中，本担任有这种课程，全书共分六章，今天因时间太短，只能讲个大概。本讲演分三段：第一段，讲人生之开辟；第二段，讲近代思想家之人生观；第三段，讲我对于人生的看法。

一、人生之开辟

鹤耶尔巴哈（Feuerbach，现一般译作费尔巴哈）有句话说得好，他说："上帝是我们最初的思想，理性是我们第二的思想，人类是我们最后的思想。"这句话显然指示我们人生开辟的途径，就是说：我们人生由"上帝"的思想走

[①] 本文是李石岑在南京东南大学哲学研究会及苏州第二女子师范十周年纪念会的演讲。

向"理性"的思想，由"理性"的思想走向"人类"的思想。待我一一分别说明于后。

中世纪《圣经·旧约》中《创世记》的思想，完全是"上帝"的思想。这种思想在中世纪，力量甚是伟大，以为人是由上帝产生，那一切人间的法则更不必说了；但是达尔文《种源论》出世以后，人人相信人是由各种动物进化而来，循优胜劣败物竞天择的公例而来，于是对于《创世记》的说法顿生疑念，而"上帝"的思想遂大减杀其势力。这么一来，我们人与自然界的地位，也就分辨了。其后达尔文进化论的思想更加扩充。辅以孔特的社会学，乃从生物的进化推论到社会的进化，于是进化论的力量愈益增加，而我们人与人的关系也就分辨了。再后柏格森出，更本斯宾塞尔进化论的思想扩而充之，辅以詹姆士的心理学，乃从生物的进化推论到心理的进化，于是进化论的力量益发不可及，而我们自身的价值也从此分辨了。这样推论下来，进化论由生物学到社会学，更到心理学，愈推扩而愈精深；主张进化论的，由达尔文到斯宾塞尔，更到柏格森，人生的途径乃愈开辟而愈广远。那"上帝"的思想，到这个时候，简直无立足的地步；不仅是"上帝"的思想立足不住，便是"理性"的思想到了此时，也无时无刻不生动摇；柏格森便是打破理性的唯一的骁将——然而，此时所剩下的完全是"人类"的思想了。所以在竖的方面说起来，我们人生的开辟，是由"上帝"的思想到"理性"的思想，由"理性"的思想到"人类"的思想；在横的方面说起来，我们人类由了解人与自然界的关系到人与人的关系,由人与人的关系到自身的价值;现在可以说到了人生开辟的尽头。严格说来,人生观要到这个时候才有真正人生观可说。现在且把现代思想家的人生观介绍一下,然后申述我的意思。

二、现代思想家的人生观

(一) 实用主义者的人生观

实用主义亦可名人本主义,是完全以人为本位的。实用主义的代表,要推詹姆士。现在且把詹姆士的人生观说一说。詹姆士实用主义贡献最大的,便是认识论;他的认识论,是经验论、主情意论、主观论三项东西相合的总和。大体以情意为主,可以说是一种主情意的主观论。詹姆士所谓认识,完全立于情意作用之上;譬如遇见一物,必先感觉那物的兴味,随后便加以注意,随后乃生认识。所以认识不像镜子照着物件,有什么像便现什么像;认识乃是由选择而来的,由无数之选择而来的。但是选择不可无一定的标准,詹姆士便拿住利害关系四个字做标准,以为认识是由情意之利害关系而生,离了情意之利害关系,便不能成功一种认识。我们认识真理非真理,也全凭这利害关系而断。谈到此处,便容易找出詹姆士的人生观了。他的人生观可以分作三项讲明:第一,利害关系——实用——在詹姆士哲学上有重大之意义。我们日常生活不免把利害关系做标准来判断善恶真伪,那自不消说;在詹姆士的意思,不仅是日常生活上所认定的善恶真伪是如此,便是科学上的法则也还是以利害关系做标准,并没有什么绝对的法则。这样说来,我们人生的价值便可想见了。日常生活上所认定的善恶真伪乃至科学上的法则,都由我们的利害关系而定,那我们人便做了万事万物的主人,而万事万物都做了我们人的方便。这种人生是何等光辉笃实!第二,詹姆士以为我们的认识和宇宙间一切的观念,都是可动性(Mobility),但都以适应实际的要求为准则。所以我们人在世间,第一个要义是要求,第二个要义是要求的满足。这无论科学上的真理、宗教上的真理乃至一切事物的真理,都莫不是始于要求而终于满足的。我们日常生活上所谓真理像那些习惯信条,虽然有时或可以范围人心,但未必全然适应我们实际生活的要求,于是去掉那些不适应的,留下那些适应的,或者更增加别的适应的,又成功一种新习惯新信条;但新习惯、新信条又未必尽满足我们的要求,于是又辗转要求之。满足不已,即要求不已;人类的价值,就在此寸寸节节的要求;这才是奋斗的人生。第三,詹姆士对于绝对与神的观念,不认为先天的存在,认为吾人人格最后的表现;申说一句,便是创造的过程。所以詹姆士谓实用主义之神为人格最发达的东西,就是说我们"最后的人"便是圆满周遍的神;最后的人永在可达到而未达到的境界,所以我们人生实无时无刻不在创造之中。合这三层意思,詹姆士的人生观便不难明白了。此外如杜威,如席拉,都是属于实用主义的人;虽然各人有各人的彩色,但在实用那点说来,都不过是大同而小异。

(二) 倭伊铿的人生观

倭伊铿在现代,可以说是研究人生问题第一个人。现在且把他的人生观说说。倭伊铿是最热烈地肯定人生的一个人；唯其肯定人生，故对于人生的意义与价值探究不遗余力。倭伊铿以为我们对于人生的意义与价值，只管努力去发现，那种努力总不至归于无效的，这看过去的历史便可知道。过去的人类之努力，其中就有一个永久不变的东西，那件东西便可以创造新意义与新价值；所以人生之光是永远照耀的。倭伊铿的历史哲学也便从此出发。他在哲学史上，求对于人生之意义与价值的解答，分六种型：一、宗教；二、内在唯心论；三、自然主义；四、知识主义；五、社会主义；六、个人主义。在一与二，是比较旧一点的解答；在三以下那四个解答，是比较新一点的解答。他所以选这六种型而不选怀疑论及不可知论那些东西，便是因为都不曾肯定人生的缘故。宗教是一件最旧的东西；从前的人都是想在宗教里面讨一个安心立命，所以信仰来世。但是这信仰之力不能由经验获得，由经验得来的东西都是否定未来世的；纵不否定，也不免存一种怀疑的见解；所以"经验"绝不会教我们"信仰"的。这么一来，从前由信仰来世以解脱现世的动机，一变而为经验现世以改造现世的动机，这是宗教的解答不可恃的一点。至于内在唯心论，与柏拉图一派之绝对主义相似，完全把生活的基础放在不可见的实在里面，不过和宗教把不可见的实在放在彼岸者不同；他是以为不可见的实在是和内面精神界相交通的。因为有这种信念，所以能抑制自然的冲动，促进精神的活动。我们内面精神界既然和不可见的实在相交通，所以由理想发出来的现实都是合理的、调和的。这么一来，我们完全生活在乐天的世界里面了。但经验所告诉我们的却不如此，并且照如此说法，我们人类的努力也觉得太无意思，这都是由于太理想化。这样看来，宗教所见的完全是黑暗面，内在唯心论所见的完全是光明面，都与实际相差太远，所以这两种都是最旧的解答。其次论自然主义。自然主义是否定宗教和形而上学的东西，他以为宗教不过是迷信，形而上学不过是妄想，而最彻底的最靠得住的只是唯物的器械观，就是自然便是我们的全实在，此外并没有什么精神。这种解答亦有不是处。那些宗教、道德、艺术等这一类的精神文化且不论，试问自然主义者所尊重的科学是否为精神的要求之所产生？我们观察自然，不待精神的要求，何从抽绎那些理法？若照自然主义者所说，那我们简直不能应外界之刺激，以图变化或改造。自然主义者以为不可争的、最确实的便是直接经验；换言之，便是感觉的世界。不知感觉世界亦有靠不住的东西，并且我们人难道和野蛮人或动物一样，专向感觉讨生活而毫无思想可言的吗？这样说来，那自然主义也就难立足了。再次论知识主义。知识主义与自然主义相反；他以为文明人是由感觉生活次第走进思想生活，就是说思考是离开感觉之直接制约而独立发达的，我们生活之所以能改造，完全由于知识主义之见解，所以思考实在是"全实在"，是生活唯一之支配者。这种说法，亦有数弊。思考是形式的而缺实质的；生活于形式的东西，便没有内容可言。我们有机的生活何等丰富，岂能无条件地屈服于思考之下？这样推论下去，可以知道我们人类既不是自然的奴隶，也不是思想的奴隶，我们人类是有自身固有之力的，那么自然主义和知识主义所谈都不足恃了。再次论个人主义与社会主义。我们知道人类自身有固有之力，那我们人类便成了主观的东西，与自然主义知识主义以客观为主的不同。个人主义与社会主义其相同点在特重人道，而人道是以人类为主的，即是以主观为主的。不过社会主义所偏重在社会，个人主义所偏重在个人，但都和人道不相背驰。在这点说来，个人主义和社会主义确是比自然主义知识主义要进步些。只是社会主义之主旨在组织，个人主义之信条在解放，组织与解放是根本不相同的两种生活。并且在这两种主义中无论何方，都有缺点；社会主义只顾外面之条件改善，便不免闲却内部生活；个人主义徒然制限于个人直接的环境之内，便不能扩张个人于全体。所以这两种主义仍旧是不能圆满解答。倭伊铿对于这六种倾向之中，都予以不满足的批评，以为都不免闲却人类之精神的要求，因此乃提出他的精神生活论。他以为在自然主义知识主义便有使人类屈从世界的弱点，在个人主义与社会主义便有使世界受人类支配的弱点，所以都不能发现人生之意义与价值。要发现人生之意义与价值，须把世界和人类调和融合方可；换句话说，便是要做到主观与客观之调和融合方可。要谋主观与客观之调和融合，非肯定精神的活动不为功。这便是一种超越自然生活的精神生活。自然生活，固为精神生活之初阶，但自然生活发达到极点的时候，那精神生活便会显现。我们现在正站在两种生活交嬗之时期中，一面在动物界（自然生活）讨生活，一面加入精神界以与自然界奋斗，奋斗之结果可以离掉自然的支配就精神的支配。所以我们生活之直接的根底，从前虽在自然界，而现在则完全在精神界。这由人类生活进化之迹便可以证明。如今只看精神活动之努力如何，便可决定解脱自然至何程度；换句话说，便可决定"精神之自由"至何程度。人类由野兽或野蛮人之自然生活努力到人间的精神生活，更由人间的精神生活努力到宇宙的精神生活，既经达到宇宙的精神生活，那便达于自由之绝顶。无论世界和人类，客观和主观，都莫不冶于一炉；真所谓"浩然沛然充塞于天地之间"。这种宇宙的精神生活，完全是一种神的生活，既不像自然生活受本能之支配，更不像人类的精神生活为社会的责务之观念所束缚，赤裸裸走入神之宫殿，遨游于爱之国土，这是何等欢喜愉悦的世界！这便是倭伊铿的人生观。倭伊铿解释人格，一面尊重个性，这便是重主观的意思，一面尊重宇宙的精神生活，这便是重客观的意思，必要主客两方都能统一，而人格乃能完成。这便更易了然倭伊铿的本意了。

（三）柏格森的人生观

柏格森主张创造的进化，于是先假定"生之冲动"（Elanvital）的实体，以为创造的进化的本源。由种属的进化和人类之个性及人格的创成，得继续创造的努力；但是无生的无意识的矿物是怎样存在呢？柏格森在这个地方有剀切的解辩，就是生之冲动在向上的本能之过程中为植物、为动物，在下向的物体之过程中为矿物，所以矿物是生命的糟粕。宇宙是一个大生命而为永远的流动（perpetual nux），又为不间断的时间的过程，时间的过程是无论何时总是未完成的。没有时间的过程,仅仅为一种空间的存在(矿物及其他物体),那可算是已完成的,那便没有生命;所以矿物一类的死物常为其他有生命之个体所摄取,再入于生命之过程。这可以例解明之:生之冲动像喷火口,喷出向上的过程是生命,像植物人类以及其他一切之生物种属,都不过是向上的过程之分歧;但一旦喷出了的火石(即指生命)在下向的过程凝结成死灰,那便是矿物;若这下向的喷出物——矿物——再落入喷火口,和上向的喷出物——生命——相熔合的时候,复成为生命之粮,便又活动起来;所以生命是不绝向上发展的。柏格森有句要紧的话,他说:"生之冲动恰像流星火花喷出来无数的世界之中心,所谓中心即是连续喷出的意思,并不指一件什么东西;如果指神是这样的东西,那神就不是既成的东西,神就是不断的生命,就是活动,就是自由。"这段话可以明白柏格森哲学上的立脚点,有了这段叙述,方好讲到他的人生观。人类是成就"创造的进化"之大自然大生命之一部,各个人不过是生命之流动之一细流。这可分两种看法:自外面看人类,各个人的观念及自意识之发生,不过是为物质所遮断之生命运行之一分歧;自内面看人类,不过是知力的活动,遮断生命的流动,取某一部分为一个人。换句话说,自全体看人类,人类不过是自无始时来一个非人格的大生命之流;自部分看人类,人类不外是主张自我而为一个性化之人格的生命。所以各个人之死不至使生命全体减少,各个人创造的努力却可以使生命全体进化。所以柏格森说人类不是大自然之完成点,乃是大自然活动之顶点;因为人类由精神的活动，可以征服物质，脱习惯的羁绊，常常继续新创造之运行。植物及其他动物常不免沉滞于固定的状态，而人类则可以使宇宙发挥其生成发展的能力，这便可见人类在宇宙间地位的重要。因各个的人生，系为宇宙的大生命之分歧之故，便可见人生所负责任之重大而丝毫不容玩忽。我们时时刻刻走在创造那条路上，就是我们时时刻刻走在生命那条路上，须要节节和物质苦战力斗，方能不落于下向的过程。柏格森的人生观也可以总括几层意思：一、我们是对于生命之大流负责任的；我们一举一动，处处关系宇宙全体，我们只一努力，宇宙便会生些变动，这就可见我们人生之价值。二、宇宙是一刹那间一刹那间变化流转的，我们人生也是一刹那间一刹那间变化流转的，唯其变化流转之速，那我们的生命便无时无刻不是创造，我们的努力也无时无刻不转入新方面，时时刻刻在破坏我，建立一个创造我，这是何等有意义的人生！三、我们的努力只是向前面去努力，却没有努力后一个归着点；就令有个归着点，也是假设的，也是暂时的，到了归着点的时候，那个归着点又移远了；所以我们的行事是没有目的的，就说有个目的，那个目的总在途中，绝不会在途之尽端；就可见奋斗之不容一刻稍懈，这便能做到创造的进化。由上所述三层意思看来，柏格森的人生观便不难了然了。

（四）脱尔斯泰的人生观

脱尔斯泰是专提倡理性的一个人，他所谓理性，不是科学的理性，是统治人类之生的最高法则而由神所授予的；可以借理性知道自己及自己与宇宙之关系。这是无论何人都有的。汝心中之神即是此物。万物在理性之中，复从理性而出。故理性为完成人类之大法。它使动植物长成与使天体活动之法则相同。知道理性是这么一回事，便知道我们人类所以为人类。我们人类一面是动物，受动物的法则的支配；一面赋有理性，不能不从理性的法则。换句话说，我们人都有两个我，一个是动物我，一个是理性我。然则我们究竟依存哪个我方为妥当？脱尔斯泰在这个地方，有郑重的声明，他说："由动物我依从理性之法则所达到的幸福，方为人生；人舍此道以外，不知道有别的人生，亦且不能知道有别的人生。"脱尔斯泰以为人生不仅是时间空间所制限的东西，假如以时间空间的条件来下人生的定义，那就仿佛以长广的度来下物体之高之定义一样。这都由于时间空间之力是有限的，有限的东西何能与人生之观念相对立？所以在这个当中，非有理性的生活不可；理性是不受时间空间之支配的；要到理性这个境地，方有真正的人生可说。理性的活动为爱，从理性所发出来的爱，与普通的爱不同。普通的爱譬如为自己的小孩而夺他人的饥饿小孩的乳之母亲的感情，为恋爱而使女子堕落之男的感情，为助自己的党派而加害于他派之党属的感情；这些感情，都不能算是爱。爱仅仅是合理的活动，没有什么偏倚的。又为将来之爱而牺牲现在之爱，都不足云爱。爱仅仅是现在的活动，没有什么打算的。所以爱之一字，只是要伴着合理的现在的这些意味；否则，所谓爱朋友，爱妻子，结果无一处不是爱自己，都是为自己打算的。所以只看到个人的生活或是动物的人格，都是偏倚的爱，或是打算的爱，不能谓之真爱。人生若无真爱，便无真正的人生可说；因为真爱是理性的活动，而理性是超绝空间时间的。超绝空间时间，方不执着动物的我；不执着动物的我，方不执着生死；不执着生死，方能得真的生命，方能讲到真的人生。脱尔斯泰的死生观，是认死为不存在的。他以为死不过是一幻影，我们的肉体是时时刻刻不断变化的，我们的意识也是时时刻刻不断变化的。"死"这个东西，不过是变化的一个阶段，又何必执着？所以脱尔斯泰以为人生有两种看法：一种是自生后至死亡的那个人生，一种是良心不死的人生；前者是虚伪的人生，后者是真正的人生；前者是个别我的人生，后者是普遍我的人生。普遍我乃宇宙根本的生命，充满神之意志，绝不因死而灭亡；因为普遍我是依存理性的法则的，理性乃超绝空间时间之物，故普遍我无在不得永生。我们的生活，既造到这个境地，那便我们肉体上的生活虽不免止息，而我们精神上的生活固犹是永生。脱尔斯泰的人生观到此处才有着落。关于永生论，可述的还多，现在暂止于此，不引长叙述了。

以上四家的人生观，都是就现代思想中影响最大的，并且于人生问题有所启发的说述一番，暂且不加批评，现在申述我对于人生的见解。

三、我对于人生的看法

"人生"二字，须看得分明；上面四家的说法，我以为着眼人（human）字的地方多，着眼生（life）字的地方少。固然是讲到人生，人字不可忽视；但生却是一个根本问题，却是一个先决问题。生字是怎么说法？生里面包含着一些什么东西？怎样东西叫有生物？怎样东西叫无生物？都非彻底弄个明白，不容易讲到人生。我在山东讲演《教育哲学》，内面有一篇《唯生论》，讲明"生"有五个意思，可以拿来说说。我所以取名唯生的意思，便是我对于有生物和无生物的区分很觉得有些不妥；有生物和无生物的区分，只不过是科学家的武断，却不是哲学家的定评。有生物和无生物的界限，如何安立？简单问一句，如何叫"生"？这是很难解答的问题。我以为普通叫有生物，无非因其能生长。但如何叫生长？无非因其能动。如何能动？无非是力之作用。如果就这个现象名有生物，那便不能不考察无生物是否亦有此现象。无生物看似非动的，实则把它分析起来，分子分为原子，原子分为电子，电子分为最终之微粒像电磁力，其结果仍不外力之作用，力作用处即成动，故无生物推其究竟，实与有生物无异。因为都在动的现象中，并且就动言，有生物的动和无生物的动，都是属于盲目的。我们不要以为无生物的动是盲目，就是有生物的动也是盲目；又不要以为下等动物的动是盲目，高等动物的动也是盲目；更不要以为野蛮人的举动是盲目，文明人的举动也是盲目。譬如十七八世纪的人望十五六世纪的人的举动是盲目，但二十世纪的人望十七八世纪的人的举动也是盲目。又譬如我们自身少年时望幼年时动作是盲目，但壮年时望少年时动作也是盲目，老年时望壮年时的动作又是盲目。这样推论下来，无论是有生物无生物，结果总归是盲目的动。天上的星辰照耀着，地下的草木滋生着，窗棂上的风吹着，曲廊间的泉流着，以及鸟语虫鸣禽飞兽斗，乃至我们的言动思维都莫不只是盲目的动，正和叔本华所说的生活意志一般；意志是无意识的东西，山河大地所以成其为山河大地，就是生活意志之表现。我们人类无论属于何种人，无论居于何种地位的人，总没有不怕丧掉生命的；老年人老态龙钟，病中人呻吟婉转，真是余命几何，但他们仍然是不肯轻轻放下，这就是生活意志之表现。所以世间万象，没有不是生活意志之表现的；表现的形式，虽有种种不同，而其为生活意志则一，正和我所说的盲目的动相似；动的方向有不同，或动的形式有不同，但其为盲目的动则一。所以生之第一义是动。我们既晓得世间万象都只是盲目的动，这个地方有一宜特别注意之点，就是这一刹那间"盲目的动"便包含着"变化"在里面。譬如第一秒钟移至第二秒钟，第二秒钟移至第三秒钟，这第一秒钟之质就不是第二秒钟之质，第二秒钟之质就不是第三秒钟之质，更不是第一秒钟之质，因为质是刹那刹那间变化的。又譬如吃糖，将糖拿到口边，用口吃着。这时手是一动，口是一动，糖发散热气香气又是一动；但同时手又是一变，口又是一变，糖的本身又是一变。凡动的时候便是变的时候，节节动便节节变，动和变不相离，仅说到动，似乎意义还不充分。叔本华倡生活意志，尼采不然，更进一步倡权力意志；他以为生活意志不过是对于生活之继续与生命之保存之努力，如果我们的生活既是征服的、创造的，那便继续和保存都无意义；并且我们想具体地把捉生活的时候，那生活便常为升进和创造的活动，绝无保存现在的努力。所以生活意志只说到生活之外形，没有说到它的本质；说到本质的，就是尼采的权力意志。这样推论下去，可以知道生活意志是外的，权力意志是内的；生活意志是继续的，权力意志是继续而征服或创造的；生活意志是保存的，权力意志是进取的。这样比较起来，可以容易明了变的意思。柏格森以"绵延"说明宇宙万有的真相，谓宇宙万有不过是溶和渗透之内质的变化之连续，也和这里所说的变相同。所以生之第二义就是变。既讲到变，我们便要发问，变是怎样的变？是新陈代谢的变法呢？还是甲乙互换的变法？康德谓一切变化为因果态之连续的作用，究竟变里面有无因果可说？而对于因果又是如何的说法？我恐怕都不能说出变的所以。我认为唯识家所说的顿起顿灭便很能发明变的要义。所谓顿起顿灭，就是一刹那间一刹那间的生灭不已；生的时候，就是灭的时候；生灭同时，许多个生灭生灭相续，宇宙是这样成功的，我们人类也是这样成功的。我们不要以为有气的时候才是生，断气的时候才是死，我们须知道我们自身是由生灭生灭来的，也是由生灭生灭去的；我们无时无刻不在生灭生灭之中，"死"不过是生灭的一个阶段，正和脱尔斯泰所说"死是变化的一个阶段"一样，死以后仍然在生灭生灭之中。但在此处必会发出疑问，我们既是由许多生灭相续来的，何以毫不觉得？这就由于不了解相似的道理。我们虽在刹那生灭之中，却各刹那生灭都相似，所以我们慢慢地老，也不觉得老，我们身体刻刻变化，也不觉得变化，由这些话或者可以了解顿起顿灭的意思。但尚有一处，要彻底讲明，才能明白这段意思。顿起顿灭的顿字，即刹那的意思，刹那是念之异名，念是"变动不居之幻相"的意思。我们稍一生心，便觉得有无数幻相显现，这无数幻相微细难思，才生即灭，不稍停留，正成果时，前念因灭，后念果生，如秤两头，低昂时等，故假以刹那之名。刹那的意思完全了解，便可以懂得顿起顿灭的意思；既是顿起，故非是断；既是顿灭，故非是常；非断非常，即是变的真义。这样解释变，较柏格森所解释的更见高明。所以生之第三义就是顿起顿灭。我们既已了解上述三义，但又须知"扩大"一个意思。上面已经说过，宇宙万有都是盲目的动，动即变的动，变即是顿起顿灭的变，此处又须知顿起顿灭即是扩大的顿起顿灭。宇宙万有时时刻刻在"扩大"的进行中，我们一出言便要得到许多经验，一举足便要得到许多见识，这就是扩大；推而至于草木鸟兽，都无时无刻不在扩大之中，正如用小指在大海中插一下，那大海的波纹便渐渐扩大到尽头。所以无论什么东西，只是一动便伏一变，便是顿起顿灭的变，便扩大一次；到第二刹那，又生一动，便又伏一变，便又是顿起顿灭的变，便又扩大一次；如此刹那刹那相续，便寸寸节节地扩大。倭伊铿宇宙的精神生活说颇有扩大的意味，所以生之第四义是扩大。即已认定无论什么东西，都寸寸节节地扩大，那么，你也寸寸节节地扩大，我也寸寸节节地扩大，岂不互相妨碍吗？到此处便要知道生又是交遍的。便是宇宙万有都是寸寸节节地扩大，但都不相妨害，正如一室之内安放许多电灯，一盏电灯就有一盏电灯的光，就生一个影，十盏电灯就有十盏电灯的光，就生十个影，那影子不会因电灯加多而不现，光则因电灯加多而更放大，这个现象可以名之曰"帝纲重重"。所以你也寸寸节节地扩大交遍于我，我也寸寸节节地扩大交遍于你，宇宙万象只是刹那刹那的交遍，这和唯识家诸法同遍一处的道理相同，所以生之第五义是交遍。合这五义，才是一生。但又须知道，这五个意思是一刹那间同时有的，并不是由动而变，由变而顿起顿灭，有先后次序的；也不是五个意思里面，有一二个意思可以缺少的，是一刹那间，五个意思同时俱有，这是解释一个"生"字。如何叫"唯生"？便是宇宙间无论动植矿三界之中，无一处不是生机，生可以赅万有，故曰唯生。生字的意义，既已解释了，再讲到人生。人人都有一个自我，自我就是自己意识（自我分主我、客我，说来甚长，此处从略）。我的自我之内容，与他人的自我之内容，完全不相同；我统一我的自我之内容，成为一个我；你统一你的自我之内容，成为一个你。这里面就好说到人格上面，就好谈到人生，因此有各人的人生之不同。现在把内容统一的话略去不说，且论我对于人生的看法。我的人生观就是表现生命，而其方法就是无为。什么叫表现生命，就是我们的生是一个无尽藏的宝库，含有上面所述的五个意思，我们只要尽力把这个生表现出来，不叫它被别的东西遮去就完事。生是一个本然自然的东西；活泼泼地向上滋长，所谓生机畅达。我们设许多方法，令这个生机畅达，便叫作表现。生机如果顺着势，不被别的东西遏抑，我们便帮助它走入顺境，名曰助长。生机如果被别的东西遏抑，我们便设法把遏抑的东西弄开，叫它能曲达旁通，名曰利导。助长利导，就是表现的两种方法。但说到此处，便会有一个疑问，就是所谓表现，对于善的固表现，对于恶的难道也可以表现吗？这个地方，我便要提出我的善恶一元论。我认为善与恶不是走的两条路，是走的一条路；善恶是对待的名词，善里面有更善的，那善的便成为恶的了，恶里面有次恶的，那次恶的便变为善的了。我以为善和恶都是向善的方面走，走到至善的境界为止。所谓至善，便不可谓善，也不可谓恶，也非无善无恶，也非善恶混，是平静澄清如海水不波的境界。我们本来的生，便是如此；所以说生是本然自然的东西。我们对于善便助长，对于恶便利导，结果总以导他止于至善为鹄。恶这样东西，也是走入至善的一个法门。爱伦凯说："恶也照善一样，是自然东西，并且是不可缺的东西。缺点乃是包含德行的一个坚壳，它自身虽无价值却在保护一点说起来，是很有价值的。"所以我说善和恶都是走向至善的一条路。这里把表现生命说了一个大略了。何以说表现方法是无为呢？我所谓无为，是无所为而为；无所为而为，即是大有为。这是怎样说法呢？世间上一切造作，都是有所为而为，如道德、宗教、政治、法律，哪一种不是为预防未来或是希求未来而造作的。凡有所为而为的东西，便不免阻碍生命，便不免遏抑生机。柏格森在《笑》一部书里面，所谓"艺术能撤去通于实在之膜"；如果遇着有所为而为的东西，便永不能撤去通于实在之膜；因为有所为而为的东西，便忘掉了本来面目，结果便不免倾斜于外；倾

77

斜于外，则一切努力都不是为我自己而努力，都是为他人而努力，或为别的不相干的东西而努力，那自己的生命便无形中丧失了。譬如我们人类是本着本来面目生活下去，并不知道自己已经走入进化的路子，如果为进化而生活，那我们人类岂不成了一副进化的机器吗？所以我们的生活完全要无所为而为，无所为而为，便我为主人翁。譬如游公园，我如果觉得很舒畅，那是我心境闲适的关系，并不是园中风景清趣宜人的关系；如果是园中风景清趣宜人的关系，那又何以心境忧郁的人反觉得处处都是可憎可恼的呢？所以我们的快乐，绝不是所乐，乃是能乐；能乐就是我们的生命露头角的时候，所乐是我们的生命隐蔽的时候。由这一段可以了解无为的意思了，但无为何以是大有为呢？无为则生命便能跃然而出，不为别的东西所阻碍，生命可以在此时大显其功用，正和孔子所云"天何言哉！四时行焉，百物生焉，天何言哉！"的意思相同，这不是大有为吗？还有一层最紧要的意思，生命总想常常出现而总不免常常被别的东西遮蔽，那么，我们专为拨开遮蔽的东西，很要花许多气力，而这种花气力却不是为逐于外物花的——无为——是为表现生命花的，这不又是大有为吗？何以说生命总想出现而总不免常被别的东西阻碍，这句话里面有大文章。我在美术专门学校讲演一篇《象征之人生》，那篇里面很发挥了这些意思；就是说我们人常不免在苦闷中讨生活，譬如想吃好东西，偏偏没钱去买，或者一时买不出来；想着好衣裳，偏偏买不着中意的衣料，或者买了偏又缝得不中意；诸如此类，我们一日到夜，无时无刻不在苦闷之中。苦闷一经落在我们意识中，虽然有时忘却，但并不逃往别处，即落于潜在意识里面，积久即成"心的损害"。我们的"心的损害"虽蓄积得多，但我们可以设法补偿他。即此补偿，就是大有为了。我们每日只顾补偿过去的"心的损害"，便成为人生之意义，这种意义在何处？便是努力表现我本来的面目；这样说来，苦闷这样东西倒成为一种兴奋剂了，因为苦闷可以时时暗示我们去表现生命；那么，苦闷落在我们身上，不仅不必悲观，并且可以乐观；所以从乐天观看苦闷，比从厌世观看苦闷强多了。苦闷还有一层说法，我们做人，最不宜做那种庸庸碌碌的人；要晓得做庸庸碌碌的人，都是过的平平和和的日子。倘若一个人，遇着绝大的苦闷，那便他的感情意志都会和他人不同，那不同处便是由苦闷所给他的，一经有了不同的感情和意志，便会显出他的个性，表示他的人格，他的见解和举动便会一切与人不同，到那时才会悟到一般的人都不是做自己的人，是做他人的人，因为未曾经过苦闷，不容易暗示他，这就可见苦闷之价值了。世间上苦闷所发出来的东西，总比快乐所发出来的东西有价值，这无论何处，都不难发现；譬如哭的力量常常比笑的力量大，在哭里面比笑里面难得堕落，因为在哭的境遇里面，比较发现生命的时候多。我此处所言堕落，是就不能表现生命上说，要特别留意。普通所称堕落的人，倒不一定是真堕落的人；譬如嫖赌烟酒，普通认为是堕落；但我以为不能算是堕落；不嫖不赌不烟不酒的人，普通认为不堕落，但我以为不一定是不堕落；因为堕落不堕落的标准，要以他能表现生命不能表现生命为断；换句话说，要以他丧失人格不丧失人格为断。那嫖赌烟酒的人，如果他自有一种特别的人格，仍然不是堕落；那不嫖不赌不烟不酒的人如果他没有特具的一种人格，便仍然是堕落。由上所述这些，可以明白我的本意了。我在此处再重说一句，我的人生观是表现生命，而其方法是无为。

最近心理学上之三派[①]

心理学由研究法不同的结果，照心理学界之现状看来，有显而易见之三派：一、构造派，可以温特（Wundt）做代表；二、机能派，可以詹姆士（James）做代表；三、行为派，可以瓦岑（Watson）做代表。现在先把三派的主张，略为介绍；然后加以批评。

一、构造派（Structure Psychology）。这派心理学，在分析复杂的精神作用，以明构造的状态。拿温特心理学说来说明。温特以为精神现象的最简单的要素，便是感觉、感情；这些简单的要素，如果合成一块，便成为复杂的精神现象。好像化学元素结合成复杂的化合物一般。这种研究的方法，叫作分析法。分析精神现象到极微细的时候，看他构造的状态如何；所以这派心理，叫作构造的心理学。

二、机能派（Functional Psychology）。这派心理学，恰好和构造派相反对。他不分析精神作用，他只把精神作用之总体之机能来说明。本来"机能"这个名词，是芝加

---

① 本文是李石岑在上海美术专门学校的演讲。

哥大学教授安智尔（Angell）起的，詹姆士并没有另立"机能的心理学"这个名称；不过詹姆士的心理学说，倒完全是阐明这种"机能"的功用的。机能派心理学，把"适应"（Response）二字看得极重。他观察我们人类，是当作一个有机体或是一个生物来观察。因为我们对于围绕我们的那些外界，免不了一些作用，那作用当中，以"适应"为最重要，但"适应"是与机能有密切关系的；所以当我们适应外界的时候，研究心之全体之机能是些什么，成为这派心理学研究之主科。这种研究法，叫作综合法；把精神作用之机能，综合地去研究，这就是机能派心理学之特色。

机能派和构造派相反对，已如上述；现在想进一步知道所以相反对的道理，可以看下面析出的机能派几个特征：（一）机能派不以精神要素之分析为然，而专研究具体的精神作用。（二）机能派不像构造派由研究精神的要素而及于全体，取综合的方针；他是由研究经验所与之全体而达于要素，取分解的方针。他们两派研究法相背驰。在温特和詹姆士心理学书中，随处可以找出。（三）机能派用发生的研究法研究一切精神作用；他把这些作用，看作为适应特殊外围的工具而发达的东西，所以各作用可以阐明对于精神全体及有机体之意义。（四）机能派认各作用间有机能的关系，尤其认运动的方面和感觉的方面有相互之关系！他以为有机能，毕竟不过是一个感觉运动圈。（五）机能派不仅研究精神和神经的关系，并推广研究精神的生活和生理的生活之机能的关系；他以为生体就是两种生活之浑一体所谓精神物理的有机体。机能派有这五个特征,那便和构造派不同的地方,格外容易找出。

三、行为派（Behaviourism）。这派心理学,是新近成立的,本可不必另列为一派,因这派的主张,不过把机能派所说的说得更彻底些、更有力些,并算不到一种新主张;不过我因为这派的传播力,很是不小,而所主张的理由,也极充分,所以另列为一派。为什么说这派的主张,不过是把机能派所说的说得更彻底些、更有力些呢？因为机能派心理学,有两个最显著的地方：（一）发生的去研究精神现象之发展；（二）研究意识不限于人类意识,而以生物全体之意识,为其研究之对象。所以近来动物心理学研究日盛；而生物学且推广论到生命之问题。行为派乃正是把这方面的主张,力求其贯彻。他以为一切生物的精神状态,必多少表现于外部之动作,由那种动作,可以知道他的精神作用,所以他说心理学如果照普通心理学所定,以研究意识;或精神作用为主题,便未免狭隘;因为意识或精神作用,在本人自己观察固属很确实很明了;像"欢喜"这种意识,在我个人直接的经验,固属很确实很明了;但在他人,是否真正欢喜,这就无从断定,就令是我的至厚的朋友,我也无从直接知道;结果还是借间接之力,由我过去"欢喜"的经验,推到他人身上去。譬如我欢喜的时候,或是眉飞色舞,或是手舞足蹈;于今看着他人和我一样眉飞色舞,手舞足蹈,便可以推到他心里面,和我一样欢喜。这么一来,可以说我们知道他人的精神作用,完全是由于他人表现在外面的行为。由行为可以知道他人的精神作用,那就心理学研究之范围，不仅是我个人的精神作用，便是他人的精神作用，也能研究；又不仅是人类，便是人类以外一切生物全体之精神作用，也能研究。这就是行为派比机能派更彻底些、更有力些的地方了。行为派是现代心理学界一个最新的倾向，瓦岑倡导最力；他的研究法，随后再为说明。

上面已经把三派的主张略为介绍了。现在略加批评。

一、对于构造派心理学之批评，构造派心理学研究的方法，可以说和自然科学，像物理学化学等研究的方法相同。很有秩序，很有组织，由极简单的东西渐变到极复杂的东西，那种步骤，都是整然不乱的。这确实是它的长处。但有一宗，如果照它那种说法，我们却很不容易了解；实际上我们也很不容易经验到。我恐怕凡是读过温特一派心理学书的人，定会生这种感想。譬如温特所说的感觉、感情等，都和我们日常经验相距很远，因为都是一些抽象的东西。本来由分析所得的东西，除抽象的东西之外，不会找到实际上具体的东西。譬如化学上的元素，他本来的状态怎样，很少能够显出，那显出的，多半是化合物。又像物理学上的原子分子，我们也始终经验不到。所以和我们实际的生活，都是关系很浅的。这么一来，构造派心理学所主张的理论虽是正确，但在实际经验上，实在免不了一些缺憾。这便是他的短处。

二、对于机能派心理学之批评，机能派心理学比构造派心理学，很易表现出一种活气，有莫知其然而然的样子。这就是因为它随便拿到我们日常生活所经验的事物，当作研究的对象，所以分外觉得亲切。自然那种事物我们不会不了解，或是不相信是有的。这在读詹姆士心理学书的人所容易感触到的事。这便是机能派的长处。只是就机能派全体结构而论，便不免有逊色；如果把他当作一个理论的学问来品评他的价值，那就难免流于散漫，或无秩序无系统的毛病；所以这派心理学，没有一个精密的科学的价值。这便是他的短处。机能派心理学和构造派心理学，各有短长；究竟现代的心理学界，还是哪方面更占势力呢？我且举一个最显著的事实来答这个疑问。什么事实？便是生物学研究态度之不同。我们人类也不过是一个生物，以一个生物全体对外界而发生一种关系，就这点而论，人类和别的动物，实在不见得有什么特别不同之点，结果还是一体看待。因此之故，所以现代研究生物学的，特别的发达。只是最近生物学研究的态度，和从前不必一致。从前生物学研究，注重生物之构造和身体上的组织等；近来不然，近来所注重的，在生物全体生活之状态（行为派反对人家说行为派心理学不是心理学乃是一种生理学，所举的理由，很和这段相像。他说生理学所研究的环境适应，是各器官部分的对于环境而言；行为派心理学所研究的环境适应，是我们生活全体对于环境而言。可以知道行为派心理学处处是贯彻机能派心理学之主张），就是把生物当作和人类有意识一样的东西看待，去研究它的习惯本能种种。这种倾向，近来很是发达。所以当物理学的倾向和心理学结合的时候，无论如何，意识之分析的说明，总抵不过全体之心之机能的说明。还有一层。机能派心理学，注重全体发生的研究（Genetic Study）由简单的心的状态到复杂的心的状态，概以发生的研究法绳之，在全体学问倾向看来，这种研究法本来为一般所重视，所以机能派心理学，益发有力量。这便可以知道现代心理学界哪方面更占势力了。

机能派心理学在现代哲学界，力量最大。在詹姆士晚年所主张之实用主义（Pragmatism）受这种心理学上的影响，自不消说，便是法国柏格森（Bergson）的直觉哲学（Intuitionism）也差不多可以说完全受这派心理学之赐。至于构造派心理学，尤其是温特的心理学，在现代哲学界，不特力量很小，而且和现代哲学的趋向，恰好相反。第一，因为他太偏重知识，而忽略了情意；第二，太注重分析，而忽略了综合。我们知道现代哲学大半是主情意的，重实用的，尚行为的；至于研究的方法，用综合法的比用分析法的更觉得流行；这无论是受了生理学的影响或是受了生物学的影响，结果总是以综合法为更可探得究竟。由这样比较推论，更可知道哪派心理学最占势力了。

三、对于行为派心理学之批评，行为派心理学，虽属新近发生，但研究之盛，殁驳乎驾于机能派心理学之上。这虽然是出于反对旧派研究法之一种流行心理，但生物学生理学研究的日盛，也是促这派心理学发达的一个最重要的原因。行为派心理学，可以说是动物心理学研究后的产物；所以麦独孤（McDougall）说科学的心理学之任务，就是生物的行为的记载。只是行为派心理学，既以心理学标名，而其实乃是一种记载行为的行为学，名与实似不相符。又行为派心理学研究的对象，当然不是表现外面的行为，乃是蕴蓄内面的精神现象，所谓行为，不过当作研究精神现象一个手段；但是由行为定精神现象怎样，最初一点，还是看我自己在怎样一种精神现象，所以生怎样一种行为。有这种根据之后，才慢慢地推到他人身上。有了人类的经验一个根据之后，才慢慢地推到一切生物上；如若不然，你并不是我，怎样知道我的精神现象？你并不是一切生物，怎样知道一切生物的精神现象？这么一来，行为派虽以反对"内省法"做他的旗帜，结果还不能不在"内省法"的旗帜底下活动，这或者是行为派心理学一个致命伤。但瓦岑进一步说：我们行为派心理学，虽然暂沿旧俗用心理二字，实在并不承认有所谓精神作用。把关于精神作用的一些名词放在心理学里面去讨论，那都是旧派心理学的惯技，却不是我们行为派的精神。我们研究的对象，并不是精神作用，就只是行为。精神作用是拿不着的，行为是拿得着的，行为就是些由环境刺激所生的适应，处处都可以观察。想把心理学弄到科学的地位，自然以根据观察或实验的为可靠。瓦岑这种说法，自未可全非；但最初要问精神作用是否存在，我们人类是否和机械一样，一切行动都可以机械律绳之，行为派学者始终没有给我们一个"精神作用不存在"的理由，遽然非难精神作用，不免立言无根。若说行为派心理学，是完全当作物理学生物学等那些自然科学看待，所以仅取生物的行为去观察，把精神作用一方面丢开不讲，那便不免忽略论证，失了科学的精神。至于把我们人类完全视同机械，那就无异于说人类都是些死物，因为稍有生气，便会变化，变化的东西，不仅不能用机械去测，便是思议也不可能。这也是行为派心理学最大的缺憾。

以上关于三派的批评，略约说过了。我以为三派的不同，隐隐地分据了心理学上三个研究方法。构造派拿了实验法做他的护身符；机能派拿了内省法做他的护身符；行为派拿了观察法做他的护身符。我以为批评三派，要进一步批评三种研究法，方可得到一个正当的批评。现在因叙述的方便，先批评内省法。

一、内省法（Introspection）。内省法又叫作主观的观察法，又叫作直接观察法，本是心理学一个根本的研究法，因为观察自己的精神现象和观察人家的精神现象，结果总是把内省法做基础。但近来反对的日多一日，其反对最甚的地方，就是因为以自己刻刻变化的精神状态去观察自己的精神状态，任如何不会得到真相的。譬如愤怒的时候，你想去内省，很是困难；因为愤怒的时候，绝不易观察自己的愤怒到什么程度，等到怒气消了之后，又无从观察了。所以内省法始终得不到真相。但有一宗，我们的精神作用，不会瞬间便消灭了的，总可以继续一些时候，愤怒中虽不能观察，怒息了之后，可以诉之记忆再行观察。因为诉之记忆而行观察，不仅自己观察为然，便是观察一切自然现象，也莫不如此。观察自然现象的时候，想同时观察，同时记录，是不可能的；若勉强行之，必致陷于谬误；在这时候，仍然是靠记忆做帮助，将所记忆的尽行记录，然后加以一番解释。心理学上之内省，又何莫不然？所以内省并非不可能之事。只是内省法有几宗大缺憾：（一）内省法常不免把自己独有的特质，误认作一般人都有；不知道精神现象是各个人不同的,一个人独有的精神现象,并不能代表一般人。认特殊的精神现象,有普遍的妥当性,这是内省法第一个缺憾。(二)内省之力,不到相当的年龄,便不发达。内省力不发达的时候,便不能行内省。所以说无论何人,都能行内省法,未免太早计,这是内省法第二个缺憾。(三)行内省法有许多困难的事情,相伴而生。就是因为我们的精神,是不断地活动的,所以难于观察。并且在内省法,观察的是这个心,被观察的,也是这个心,一个心分作主客两部,所以难得正确的观察。这是内省法第三个缺憾。内省法既有三宗大缺憾,所以虽在心理学上占了一个主要的地位,却仍然不能不靠别种研究法帮助,因而有观察法。观察法的长处短处,随后说明。

二、观察法(Observation)。观察法又叫作客观的观察法,又叫作间接观察法,专观察他人的精神现象。譬如就他人的容貌、态度、言语、动作等所表现于外部的表征而行观察,以求得他人的精神活动都是。这个方法,适用的范围很广。不仅就现在生存的人可以行这个方法,便是古人的精神状态,都可由传记、著书、逸话、笔迹等去研究。以外或者由神话、风俗、习惯、历史、艺术等考核民族心理,进一步考察精神病者犯罪者的变态心理,以及儿童在发达过程中的精神,甚至于人类以外的动物的精神,都可由这个方法研求而得。只是观察法也有两个大缺憾:(一)我们观察事物,不仅是取皮相的状态,为单纯受感的观察,中间总免不了些自发的思考。就是说不单是对于事物注视凝集,有时还要对于事物全部之主要部分,特别注视凝集,其中就不免有多少辨别选择之作用，而一切异同之点，事物之性状与其比较，都由此产生。所以科学上所谓观察，与自然的无注意的经验不同，乃是供给已经精练之研究的资料的，这么一来，观察不纯然是感受的东西，乃是杂有多少思考作用的东西。但观察与成立观察的事物之上之推理，不可混同。两者虽难辨别，然观察乃个个事物之表明，推理乃对于几个事物，以理由与归结之形式之联想。因为有这个差别，所以前者仅有把住原有事实之意识，后者则伴有支持原有事实之理由之意识。譬如见他人颜色苍白，而谓为营养不良。这便是观察的范围；如果说他是肺病，那便超于观察，而属之推理的范围了。若把这个认作观察的事项而说是确实的，那就不免二者混同之误。因为我们每易于以先入之见，不知不觉地去解释事实，把他当作实际的观察，所以往往生意外之错误。（二）我们能观察的东西很有限，像微细的事物，或是经过非常迅速的事象，或是由极微细的原因里面所起的新事物，都是观察所办不到的。因为有这些缺憾，所以近来为增加观察力而使之精确的缘故，因有望远镜、显微镜、验温器、湿度计等种种之发明。至于大规模的观察，或是要多时日的观察，那都是以观察的结果之平均，来察知一般的倾向；这便不能不靠统计的方法。总之观察法所能观察的很有限，处处可以推见。有以上两种大缺憾，所以观察法不能不另觅助手。至于求观察之扩张与精确，那便不能不求助于实验法了。

三、实验法（Experiment）。实验法之应用，虽是最近的事，但在心理学研究法里面，却很占重要的地位。实验法本也不过是一种观察法，但比观察法，有几种显著的长处：（一）观察法必定要等现象自然起来的时候才好用，倘若想观察的时候，现象不起，那便不能继续研究。实验法恰好和这个相反，他可以任意引起某种现象去观察，故有可以反复行之的便宜。（二）实验法因为可以随便变化精神现象，所以他的研究，比单纯的观察，更是科学的。譬如研究痛觉的时候，如果单行观察，不过是把已经尝试过的感觉想起来，然后内省；若在实验便不然。他必以针刺皮肤上一定点，等痛觉生出来的时候，再去研究。所以实验比观察更可得确实的结果。（三）实验不像单纯观察，纯重主观，他是可以把同一的经验试行在许多人上面；所以这种方法，可以继续发现前人研究的事项或结论对不对，便随时可以订正。举一个例来说明。譬如害羞的时候，面上发红，这个不待实验，单就日常经验可以知之。但是在心理实验室把精密的心理学上的机械实验之后，知道血液循环起变化一宗事，不仅是害羞的时候为然，就是平常的精神作用，也容易多少影响到血行之上，不过害羞时，变化特别显著而已。又有由实验研究的结果，发现从前的观察是错的。譬如我们看字画的时候，眼球随之而动，那种动法，从前都认为是以曲线而动；又认一切什器的轮廓所以能够给我们的快感，因为是曲线，眼便是循这个曲线去动的。但自实验的技术发达的结果，知道眼之运动，可以照写真那样写出来；后来研究日精，更决定眼绝不是曲线状的动，乃是直线状时时变方向的动。因此曲线美的说明，为不可能。这也可以见实验比观察更精的地方。由上三端，益可显出实验法的长处。但对于实验法，也有不少倡异议的。（一）实验的方法，只可施之于简单的精神作用，不可施之于复杂的精神作用；若只顾合实验的目的（不适用于实验的便抛弃），把复杂的精神作用，分析为许多要素，而行实验，未免实验所得与本来的状态相距太远。（二）认实验法为重要者，以为可尽代内省法行之，其实实验法不过是补观察的不足，换句话讲，实验乃是为研究的便宜上稍加人工的一种观察。所以实验和观察（包主观客观而言）都不可偏废。（三）近年实验的研究之进步，一般心理学者注重把精神作用为量的研究，反对从前那种质的研究。量的研究是以心理学上之测定做根据，于是有谓不本于测定之量的研究便不算实验那种说法。测定固非全然不可能，但任何精神作用，谓可由测定得到他的真相。似把精神作用完全看作物质作用了。所以量的研究是发达，质的研究是否可弃，还是一个问题；况且精神作用能否用量的研究法，至今随不少争论。譬如说实验法可以随时唤起某种精神现象去观察。要知道随时唤起的精神现象，与本来自发的精神现象，很难相同。那又何能测得一个真相出来呢？由以上三种非难，实验法似也不是一种唯一的研究方法了。

这样推论下来，无论是内省法、观察法、实验法都不能有利而无弊，都不能以一种方法，解决心理学上全般的问题。近来的倾向，反对最力的，就是内省法。以为太陈旧，不是一种科学的研究方法，其实内省法任你如何反对，它总不失根本的研究法的地位。所以有些人说，内省法之否定，等于心理学之自杀。反对内省法的最强的理由，除非否定意识，但意识究竟可不可以否定，恐怕这个问题，比内省法可不可以存在，还要难于解决。这个意识存否问题，在心理学上是一绝大问题，须作另篇讨论。于今且把最近心理学家对于内省法的意见说说。迪杰讷（Titchner，现一般译为铁钦纳）是对于内省法最有研究的一个人。他有一篇论文，叫作《关于内省法研究之序说》，把现代主要学者对于内省之议论，分类介绍，很可取来参考。现在简单叙述几种意见，像温特。他说实验法之发达，乃由于科学的内省之可能。安修慈（Anschutz）称内省为直接原本的基础。李博（Ribot，现一般译为里博）说很尊重客观的观察的人，也必称内省为心理学之基础的研究法。瓦特（Watt）说使用别的科学的研究法固未尝不可，但如果不用内省法，心理学便不能成立。斯道特（Stout）以为在心理学，内省以外之材料很多，不用内省法或者也可以做成心理学，但关于直接的非假定的心的作用之知识，仅由内省法可以得到，所以心理学之直接材料，舍内省法无从觅得。麦独孤以为凡客观的方法，必自预想内省的结果后才行得去，如果内省有分析的基础的时候，他那种客观的方法之结果，必然是有效而可利用的。此外像詹姆士，他是以内省法当作可常常信用的心理研究法。又像拉德（Ladd），他以为内省法得正当地使用，心理学方有价值。合上面所记许多心理学者的意见看来，内省法为心理研究上一个重要的方法，不难推见，只是内省法绝不是唯一的方法，这除了贾德（Judd）、桑戴克（Thorndike），尤其是瓦岑等少数学者之外，几乎没有不赞成这种意见的。内省法有许多制限，又有许多缺憾，这都是无可讳言的，只是他得了观察法和实验法做帮助，结果或者也可以不致失败。我们要知道心理学，究竟注重的还是人类心理学，别种生物心理学的研究，不过是给一个补助知识；所以别种生物的研究，虽用不着内省法，而人类之心作用之研究，内省法却是万不可不使用的。这么一来，内省法虽为最近心理学派所反对，结果恐怕比他种研究法还要稳固些了。

机能派心理学是最重综合的研究法的，便是以内省的方法，研究成熟的意识状态。像詹姆士心理学，处处喜欢求出心意之具体的状态，所以最重内部经验，他特重"适应"的道理，也是由特重具体的状态来的。所以内省法在机能派心理学是最关紧要的。但实验法也很注重，因为他论意识状态，最重那种状态之生理的要件。所以实验法在机能派心理学，也是最注重的。构造派心理学，完全立足于实验法上面，这恐怕任是何人不会不承认的。像温特研究感官知觉，是完全用实验法去研究的。他这种实验法，与其说重在说明精神生活之身体的基础之任务，毋宁说重在利用实验之方法上之任务。这由下面所述两层可以知道。（一）心理学虽至最近尚属之哲学之中，但生理学是早已把实验的方法发达起来了；在这点，生理学是对于心理学为一种方法上之补助学科。（二）生理学所论的是物的生活现象，心理学所论的是意识过程的生活现象；生活现象既有物的方面和心的方面，便自然不能不问一问两者关系如何。这种问题，在从前生理学心理学，未尝没有论及，但结果总是两者孤立，没有十分的解决。由这点看来，实验心理学,是不能予以充分解决的。这就因为他的特色在方法上,不在所处置之问题上。由上述两层看来,可以知温特的心理学,是特重实验的方法。这不特温特一人为然,凡在构造派心理学,都有这种倾向。但构造派虽重实验法,亦复重内省。以实验的内省做基础,以实验的外察做补助的补助,这点在迪杰讷论述上很容易见到,因为迪杰讷是很用意阐明构造派的主张的。唯有行为派心理学,他便全然换了一副面目。第一,因为他想把心理学当作一种自然科学来研究,完全脱了哲学的范围,所以研究法不同。第二,因为否认意识,把表出外面的动作做研究的对象,所以研究法不同。他所特重的方法,便不像上面所述。他是最重观察法,亦可名表出法(Expressive Method)。只是表出法,也因行为派心理学者所见的行动的意义不同,便表出也未能一致。我如今先把几个心理学者对于行为心理学之性质说说。像柏鲁(Bechtrew)、卫旺(Verworn),他们从神经及脑髓之生理作用或机械作用研究行为之形状,像安智尔,他从意识作用解释行为之形状。至于瓦岑及美法诸学者,所谓行为,既不受生理的解释,亦不受意识的解释,单设定人额及动机行为之形状及变化而研究之,绝不认有再进一步之必要。这样看来,行为心理学既有这许多相异的见解,那研究法自也未能一致;大抵像瓦岑不受生理解释不受意识解释一派,当然要算行为派之正宗;现在单就这派而论,他那种观察法,是完全注重环境刺激的性质,及筋肉腺液所起的变化,以及哪一种生理化学变化,便跟随哪一种刺激;瓦岑以极端行为派的立脚点,当然不能不极力在表出的方面去探求，他所用的表出的方法，以言语表出法为最可重视，这当然是新心理学上之创举，但结果也处处要借实验法做帮助；便是内省法，虽为他所反对，但有时亦不免借用。像口报法（Verbal Report），便是叫他人内省报告所感如何。这样推论的结果，无论是构造派、机能派、行为派，都不过有特重那种研究法之不同，却没有专用某种研究法，排斥其他研究法可以成功的。就各派的现状论，可以图明如次。

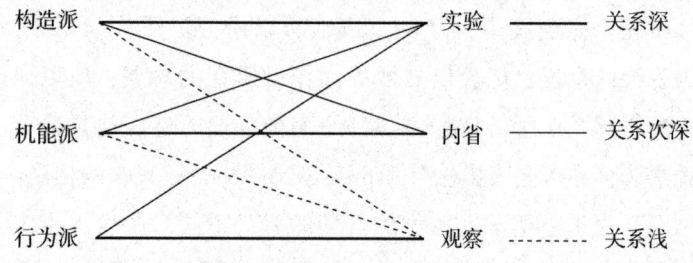

```
构造派 ————————— 实验 ———— 关系深

机能派 ————————— 内省 ———— 关系次深

行为派 ————————— 观察 -------- 关系浅
```

三派有一个最显著的不同点。构造派和机能派均假定有意识，行为派则否定意识；构造派和机能派虽同假定意识，又同使用感觉、感情、知觉、情绪、意志等名词，但有一不同点，机能派对于"全体之心作用"，看作"过程"的意义，构造派则看作"内容"的意义，这是三派主要不同之点。至于研究法究以何者为主，何者为从，方为正当的研究法，这是由于主观的见解不同，未可一概而论，以余个人意见言之，仍以内省为主，观察及实验为从。至于三派心理学，在他方面所生的影响，以何派为最大，就余个人浅见，以为就目前而论，无论在哲学、文学、宗教、艺术等，都以机能派所生的影响为最大。我这篇讲演，就止于此。

人格之真诠[①]

詹姆士把人分作三种：一、机体的人；二、社会的人；三、理想的人。我以为这三种人恰好形成三种人格：机体的人，形成生理上的人格；社会的人，形成伦理上的人格；理想的人，形成心理上的人格。生理上认为有人格的人，必须生理的基础十分健全发达，否则如疯癫白痴这一类受生理的缺陷制限的，只可名为准人格者。伦理上认为有人格的人，必须具有道德的品性和协助的精神；这在社会上的人格、法律上的人格，莫不如是；虽然解释各有不同，但我认为都在伦理的范围以内。心理上认为有人格的人，必须精神的活动以自我为中心，而由中心的自我，生意识的自觉和统一。我们同时具有三种人格，我们同时却不易具有三种完备的人格，尤其不易具有心理上完备的人格；我们日夜所当向前努力的，便是这心理上完备的人格之探求；换句话说，便是理想的人之探求。我们要到这个时候，才有真正人格出现。

---

① 本文是李石岑在苏州第二农业学校的演讲。

人格观念，向来不甚明了。从西洋历史看来，自《罗马法》制定以后，人格观念稍稍发达；其后基督教出现，人格观念虽增一层的障蔽，却也多得一个反证；卢梭"天赋人权说"出世以后，人格观念，乃为一大规模的发展；再后达尔文"种源论"出现，人格观念愈益明了，至于最近，社会组织大起变动，平民主义遍地宣扬，而人格观念，遂发展至于极地；虽然已发展的人格，有属之生理方面的，有属之伦理方面的，有属之心理方面的，但都不无相互的关系和影响。其在未发展以前的人格，却不是无人格，乃是人格意识之朦胧。这在个人的一生，也是这样。呱呱坠地的时候，生理上的人格，虽具雏形，而伦理上心理上的人格，却隐而未显，这正是人格意识之朦胧状态，其后各方面分途发达，进于圆满的地步，生理上的人格，自不消说，即伦理上心理上的人格，亦莫不日见扩大；因为各种人格，都是互相关系互相影响的。只是生理上的人格，既已进到极限，便无发达的可能；伦理上的人格，亦以倾歆于外的生活的缘故，不能尽量发展；唯心理上的人格，则由意力充实的结果，可以发展至无穷极。现在进一步论心理上的人格。

心理上的人格，以自我为中心。自我为身心活动统一的主体，有不可分割的单一性，又有不可变易的同一性，把这两种性质做基础，以努力追求自己所认定的理想；便是人格的表现。若失了不可分割的单一性，则为人格之分裂；如同一意识同时营两个作用，而两个作用中间，并没有什么联络；这叫作同时的二重人格。若失了不可变易的同一性，则为人格之转换；如同一的人格渐变为相异的人格，甲人格突然变为乙人格；这叫作继续的二重人格。在意识失了自觉和统一的时候，便会发生这种现象。唯意识的自觉和统一，在精神活动所谓知情意之中，完全以意志为主宰；意志实在是人格成立之根源，那知与情都不过是辅助意志进于充实的副作用。意志里面实在含有一种潜在的性能，这种潜在性能，非经强度的锻炼不易发现。我们遇着猛虎，便会越河而避；一个弱女子临着绝险，也能怀其雏而远扬，甚至逾墙钻隙，平时所绝对不能做到的，这时也能做到；这都是潜在性能的显现。所谓"阳气所发，金石为开"，阳气就指这种潜在的性能。我往尝游泰山，曾发生一种感想，就是大意力之养成；那泰山的雄壮伟大，都可以说是一种大意力的象征。大意力实在是使我们人类强烈和升进的唯一要件。由大意力可以含蓄几种美德，而这几种美德，却是人格里面所缺一不可的。一、活动力，活动为创造必具的条件，我们要晓得世界的创造，都发端于这种活动力。二、抵抗力，抵抗为促进意志坚强的主要元素，我们的环境，都是抵抗的试金石，我们的生活，都是抵抗的报告书。三、统一力，统一是维系个性的一个关门，我们所以能取一条路向进发，不奔入歧途，就全凭这种统一力。四、征服力，由征服而后可以同化，由同化而后可以显示一种威权。这四种美德，都潜伏于大意力的里面，所谓人格，即此大意力之表征。这是我游泰山后的感想，曾经在镇江讲演一次，发表过这个意思。现在回想起来，所谓大意力，实在和潜在的性能没有什么区别，非经一度热烈的锻炼即不易发现；既已发现，则其所表著于外面的行为，必非常人所能推测；于是乎人格之尊严，便从这处立定。这便是心理上的人格。现在为探讨人格的究竟，且举几种人格论者的学说来比较比较。

我现在所欲首先揭出的，为康德的人格说。康德在他的伦理学上，认人格有意志的自由，完全依存自身的理性。理性以外，义务观念以外，便无人格之存在。人格别具品位，与那些有代价的事物有区别；事物自身无价值，仅效用于别的事物的时候，才显出他的价值，所以他的价值是可以把别的事物去替代的；人格不然，人格的存在，他的目的就在自身，不能把任何事物去替代。我们尊敬人格者，就因为他是人格者便去尊敬，绝不是因他能为别的事物的方便才去尊敬；所以人当行动的时候，须要看作万人之模范万世之轨则的行动去行动。这是康德人格说的梗概。由这段看来，可以见康德如何尊重伦理上人格之价值。可惜他的解释，全偏于形式而缺乏内容；即就形式的解释观之，所谓万人之模范万世之轨则的行动，不唯无以启示人格之扩大，且转以伤人格之尊严。这种说法，实在未能苟同。其次为佛尔斯特（Forster，现一般译为福尔斯特）的人格说。佛氏把人格和个性分作两方面说；他把人格看作精神的东西，个性看作感觉的东西，人格由内部的自立而成立，个性由外部的自立而成立；他以为真正人格，即伏于精神生活里面，精神支配感觉和欲情的时候，则人格始发达；欲强其精神的支配力，须经一番苦战，人格之能统一不能统一，全视这精神支配力的强弱以为衡。唯人格发达，个性亦同时发达；而人格持统一的倾向，个性却常走入放散的倾向，因为个性之发展，常易引起许多情欲，而使人为外界的奴隶，所以个性必须由人格制驭。这是佛尔斯特人格说的梗概。佛氏把人格和个性分作两面说，而谓人格属之精神，个性属之感觉，这也许别具一番见解；但我却根本不赞成这种说法。我以为人格之本质，即个性之实现，离了个性便无人格可说；康德所谓人格不能替代，正以其为个性故，而人格所以不致破裂，正以此能保持个性故，离了个性去谈人格，则人格便空无一物了。再次为布德（Budde）与林德（Linde）的人格说。布德、林德为现代人格教育学说里面两个重镇。布德完全把倭伊铿哲学做基础，论述个人的价值及个性发展的必要。倭伊铿特重超越自然的精神生活，所以布德的人格说趋重理想的思潮，他以为超越自然界之心的生活，有四种要素，就是宗教、科学、道德、美术四种，他把这四种要素当作人格的要件，而我们内部生活的无限，也己其中取求；我们生活内面，如果没有无限的一个世界，那人格便不会发生，所以人生不可仅安住于现世界，而须参加内部的新世界。这是布德人格说的梗概。至于林德，他曾举四种要素当作人格的属性：一、温情、热心、感动性；二、个性；三、自由、活动、制作力；四、坚忍、忠实、抵抗力。他对这四种要素中的个性，虽看得颇重，但绝对不主张偏重个性，并有时对于偏重个性者加以抨击，所以他说有人格的人就是顺从的人的意思，便是对于客观的秩序确信而且服从；一面服从外部的法规，一面保持自己的特质，这便是林德人格说的梗概。总览两家的主张，觉得都有不彻底的地方。布德以宗教、科学、道德、美术四种当作人格的要素，但其所论宗教、科学、道德、美术的内容，都出于一种奇异的逻辑，且所谓内生活之无限，亦过于空洞茫漠。林德则尤限于剌谬，试就论人格的人即为服从的人观之，便知其论据薄弱；谓一面服从外部的法规，一面仍可保持自己的特质，宁非梦呓？所以我于两家所论，都无所取。我所认为阐明人格意义最圆满的，便是尼采和伊杰讷（Itschner）的人格说。现在为叙述之便，先论伊杰讷。

　　伊杰讷以为欲阐明人格的本质，必先考察具体的人格。他于战争、艺术、宗教三方面举出三种具体的人格，在战争方面，以拿破仑为最有人格，因为他确信己力之伟大，可以有支配世界之权能；在艺术方面，以瓦格讷（Wagner，现一般译为瓦格纳）为最有人格，因为他确信他有一种音乐的特性，可以调和声、音、创作，尽一切乐剧之能事；在宗教方面，以马丁·路德为最有人格，因为他确信他有一种反抗的意志，可以推倒教会的威权。这三种人都是有自觉的人，都是能统一的人，所以能固守自己的特性，而卒成就一种大英雄、大艺术家、大宗教家。他们少时，便有与一般人的倾向相反对的特性；其后因受一般人的反抗，日在苦战激斗之中，苦战激斗的末日，便成功一种伟人和天才，所以尼采说"我们本是本能地在危险中求生命"；就可见人格之不易取得了，于是可得人格确立之阶段如表：

特性 ｛ 固守 ……… 静的 ……… 品性
　　　 继续 ……… 动的 ……… 人格

即主张本来的特性而为静的固守者为品性；主张本来的特性而为动的继续者为人格。可知人格完全以特性为基础，摆脱一切时间空间的拘束，而走入自由的里面，所以自由之实在，即人格之本质。这是伊杰讷人格说的梗概。我对于伊杰讷解释人格之处，极表同意，我认他的识见，远在布德、林德之上；唯对于人格的价值判断，谓拿破仑全属对于王冠之憧憬，基督乃出于神圣之爱之动机，似尚未触到人格之真髓；拿破仑和基督同是主张本来的特性而为动的继续者，我们固未易有所轩轾；我们只可就其继续之程度，判断价值之高低，外此则失价值判断之平衡。谈至此使我不能不联想尼采之权力意志说。尼采从权力意志推论人格，其识见又远在伊杰讷之上。尼采以为人格就是一种统治组织。权力意志虽以种种之力而活动，但有一特殊之力，可以征服其他许多之力，以成功一种新创造；那征服其他许多之力以成功一种新创造的时候，要有一种统治组织，那种统治组织，便叫作人格。质言之，人格就是努力于征服与创造的一种权力意志。我们要完全了解尼采所谓人格，必要进一步了解尼采所谓个人。尼采以为真的个人，以发展个人的权力意志为生命，其目的即在自身；如与社会遇，则进而为社会之立法者支配者，隐立于社会的权力意志之焦点，故常居于最高统治的地位。我们由此可知尼采的个人，即个人的权力意志，所谓人格，即个人的权力意志之放射与扩张。由这种说法，便可以弥补伊杰讷的缺憾，而人格的价值判断，也不致失其平衡。现在且就我个人所见，略述一二。

我的人格观，完全从生命表现出发。如何叫生命？这非短文中所能说明；大体讲来，生命以自我为中枢，所谓生命表现，即无异云自我表现。我的言语行事，我的处世接物，均须处不丧掉自我。我在，故我之生命在，我之生命在，故万有之生命在。生命就是一个无尽藏，换句话说，自我就是一个无尽藏，只需把它的本来面目表现出来，便是人格。如果正在表现的时候，忽然遇着障碍，那时我这种表现的努力，仍是继续不懈，必须达到充分表现才止，这便是圆满的人格。倘若遇着障碍时，就因而软化，不仅不能表现且因而丧失，这便是人格之破裂。我们充分表现的结果，得施一种影响于现在与未来，这便是人格之扩大。我们所施的影响，使现在或未来有所忌惮而不敢放肆，这便是人格之威权。我们充分表现的程度，自己认识，如孔子云"天生德于余"；释迦云"天上天下，唯我独尊"；基督云"我乃神之子"，皆自己认识也，这便是人格之自觉。反之，一生努力之结果，只不过做了古人的一种奴隶，社会的一种机械，毫不自觉其本身之价值，这便是人格之堕落。推论至此，便知人格的价值判断，要当以表现之度为衡，而不至陷入于伊杰讷的缺憾了。

　　自我这个名词，解释很不一致。我所谓自我，即我之意志，一切精神作用，都由意志统一。意志作用的结果，即酝酿成一种特性；由这种特性保持的久暂，即可定人格之高低。至高的人格，其特性至死不渝，哥德所描写的浮士德（Faust），由努力奋斗的结果，虽他的肉体为恶魔麦菲斯脱弗勒士（Mephistopheles）所得，但他的生命终为神所拯救。这是何等光辉笃实的人格！可知特性的保持，须经一番绝大的努力；因为我们的环境，随时随地，都足以破坏特性而有余；所以人格之修养，以锻炼意志为第一事，意力如果充实，人格便可以发展至无穷极，这便是我特重心理上的人格的本意。

怀疑与信仰[①]

美国詹姆士提出"信仰的意志"（Will to believe）做他学说宣传的标志，英国罗素最近也提出"怀疑的意志"（Will to doubt）做他学说宣传的标志，以与詹姆士对抗；这两个哲学家所走的路向虽有不同，而他们力求主张贯彻的勇气却是一致，詹姆士注重宗教，当然不能不以信仰为出发点，罗素推崇科学，当然不能不以怀疑为出发点。科学和宗教可不可以两立，便要问怀疑和信仰可不可以并存；所以科学和宗教之争，骨子里面，便是怀疑和信仰之争。我们进一步研究怀疑和信仰可不可以并存，便是解决科学和宗教可不可以两立的一种方法。现在先讲什么是怀疑，再讲什么是信仰，最后讲怀疑和信仰的关系。

怀疑（Doubt，Zweifel），是一种不安定的状态。大抵认我们所得来的知识，都是些不正确的知识。就因为知识都不过是由感觉给我们的一些刺激，并非事物的本身；既由刺激，就不免生出许多错误，所以感觉是最靠不住的。

---

① 本文是李石岑在上海交通大学的演讲。

希腊新怀疑学派安诺息底姆士（Aenesidemus）曾经举出十个条件，做感觉不确实的证明。一、感觉由动物而异；二、感觉由人而异；三、虽同此人又因时而异；四、由身体之状态（主观之变化）而异；五、由空间种种之关系而异；六、感觉之中混有他物，无离他物而独立存在之感觉；七、由外物分量构造之变化而异；八、由物之关系而异；九、由习惯而异；十、由臆见而异。这样看来，由感觉得来的知识，果何从而抵于正确之域？因此有一派人以为感觉既不能做知识上的证据，而我们的生活，又未能毫无所可否，于是事实上不得不只求其盖然；所谓盖然者，乃认识确度之一种，而盖然之度复有数段阶，我们只求其盖然之度较大地以施之于生活，便无往而不宜。这种论调，极为新怀疑派所不满，因为盖然论仍不过是一种独断论；所以新怀疑派的主张，以不下判断为主义，以往前研究为方法。这种态度委实可取。无如我们处于人世之中，何能一切免除判断；且试思不下判断，如何能生活下去；而不下判断的生活，又是如何一种生活。如云"白纸上写黑字"，这句话便有许多可疑之点：所谓白纸是哪样的一种白，所写的黑字又是哪样的一种黑；你所看的黑白，不必与我所看的黑白相同，你我所看的黑白，不必与第三者所看的黑白相同。这就可想见我们通常所说的黑白，实在内容非常含混。然不说出黑白，彼此何从得知，既指出黑白，便是一种判断。又所云白纸，是怎样的一种资料，怎样的一种分量；我所感触到的质料和分量，不必和你所感触到的相同，而质料自身不能无变化，因之分量不能无增减，则共触此纸，已非同纸，若不言纸，何能共喻，若以纸名，又属判断。由此类推，"白纸上写黑字"一语，若废去判断，即不能立，所以我们生活上离了判断，便生活不可能。新怀疑派知道这种困难不可免，结果仍不能不主张随习惯、感性及性欲而生活，复不能不与盖然论相接近。所以怀疑也有一种程度，达到某程度，即当暂时休憩。我们要晓得怀疑乃是强迫观念之一，如任其强迫，则不能制止，不能制止的结果，便不免走入迷离惝恍一条路上去，而成一种怀疑症（Zweifelsucht，Folie du doute）。如写信付邮，明明发信时遍览全纸无讹字，而既已发去，即觉讹字满纸。又如出门键户，明明出门时各户已全锁闭，而足甫离庭，即欲回身细加审视，至于再至于三。这都是怀疑症的征象。由是以谈，怀疑可以给我们的好处，怀疑也可以给我们的坏处，这完全要看我们利用如何而定。与怀疑相反的便是信仰，现在再论信仰。

信仰一语，照詹姆士所示，为扫荡一切理论的研究的不安之心的状态，与怀疑恰立于正反对之地位，信仰（Belief，Glauben）为确信（Certitude，Gewissheit）或证信（Conviction，Uberzengung）之一种，而与知识稍异其趣。确信是对于事物得下正确的判断的，属于广义的知识；确信之充分状态为证信，属于狭义的知识；而信仰与知识虽互相关系，其范围实有不同。信仰非印象之结果的一种表象，亦非概念之分析综合及比较之结果的一种思维，更非快苦之感情，乃过去之全经验之结果之意识一般的状态，对于外来影响之自我反应的状态。由是可知信仰之中，含有知的要素，也含有情意的要素。盖基于吾人经验之全体，与吾人意识的或无意识的所做成之宇宙观及人生观相调和。换句话说，信仰是完全出发于心理的，而知识则出发于数学的、伦理的；信仰为主观的，而知识则为客观的；信仰不欲仅止于盖然的（Probable，Wahrschelinlich）而必达到必然的（Real，Wahr），知识亦欲达到必然的，而有时不能不退居于盖然的。此信仰与知识不同之处。信仰既具此性质，故每易于妄用，妄用之结果，则为迷信（Superstition，Aberglauben）。迷信者在可以凭依知识不必凭依信仰之时而亦欲凭依信仰之谓。迷信与信仰，在客观批评者有时辨之甚晰，而在主观者或为成见所蔽，不易辨认。由是导出两结论：一、信仰基于人格之全体，在主观的心理状态中，不易辨别孰为真妄，故无由区分迷信与信仰；二、知识非万能，自有一定之界限，在此界限以外即在不可知的境界中，乃有信仰之必要。此中所示吾人之标准有三：一、当知识极明了时，吾人仅恃确信或证信；二、当知识仅能达到盖然时，吾人方求确信或证信于信仰；三、当知识不止达到盖然时，而亦求确信或证信于信仰，则为迷信。唯迷信与信仰，亦不过是比较的区别，而非绝对的区别。信仰既由知识仅能达到盖然时而起，而知识之进步又谁可限量？昨日知识达到盖然的，安知今日不达到必然？则昨日认为信仰的，今日已成为迷信。由地动说望哥白尼（Kopernikus）以前之地心说，则地心说为迷信，由地心说望从前以天象占人事之天文说，则前此之天文说又为迷信，可知知识进步之结果。则知与无知之界限可以推移；知与无知之界限可以推移，则知识与信仰，信仰与迷信之界限也可以推移。由是可知迷信与信仰之区别，毕竟是一种比较的区别。信仰之问题，既关系于知识问题，而怀疑之问题，也莫不关系于知识问题，于是进一步论怀疑与信仰之关系。

怀疑的性质，即如上述。从表面观之，似怀疑与知识不能并存者，实则怀疑处处为引进知识的阶梯。今日科学发达的结果，何莫非由怀疑而来？科学多成立于假说，而假说不能不借怀疑以入于实验或入于进一步的假说。天文学上牛顿之引力说，宇宙学上康德及拉普拉斯（Laplace）之星云说，物理学上马雅（Mayer，现一般译为迈尔）及黑尔姆鹤尔慈（Helmholtz，现一般译为赫尔姆霍茨）之势力说，化学上道尔顿（Dalton）之原子说，光学上哈伊根士（Huygens，现一般译为惠更斯）之波动说，组织学上史来登（Schleiden）及施旺（Schwann）之细胞说，生物学上拉马克及达尔文之系统说等，何莫非借怀疑而得多少的修正？单就牛顿之引力说而言。牛顿之引力法则，曾说质点是互相吸引的，然则各质点，假如表现在世界线（World-line, Welt-line）上，便要生歪斜，换句话说，质点的引力，可使空间和时间生"歪"（distortion），而牛顿并没顾到这种"歪"，爱因斯坦（Einstein）因怀疑牛顿引力法则之结果，遂发明其新引力法则，而说明这种"歪"之由来，比牛顿所说遂进步多了。虽未必处处可以实验，却已成为进一步的假说。由此类推，怀疑实在助我们的知识启发不少。所以科学的出发点，不能不推"怀疑"。现在回头再看信仰。我们提到信仰，便不能不联想到宗教；宗教之成立，实推本于信仰。信仰分他力的信仰和自力的信仰两种。前者代表基督教及佛教之净土门，后者代表释迦自悟之宗教及禅宗之宗教；前者为绝对的凭依、绝对的信赖，所谓安心立命之意识状态，后者为绝对的自由、绝对的解脱，所谓大悟正觉之意识状态。然两者虽有自力他力之不同，而求究竟证信（ultimate conviction）却是一致，即詹姆士所谓扫荡一切理论的研究的不安之心的状态。宗教本为镇定吾人生活上之苦闷烦恼而设，而镇定生活上之苦闷烦恼，计无出于导之于信仰一途；故凡在知识不能达到的部分，皆可借此省却许多迷惑。所以宗教的出发点，不能不托"信仰"。合上二者观之，怀疑与信仰，均在过去造有长期间之历史，固未易以一端而论定其得失。唯在一般的观察，以为怀疑与信仰二者离之则两美，合之则两伤，故科学与宗教的冲突，直延长了数千年。然平心而论，怀疑与信仰二者，固未必终无调和之理。怀疑与信仰之问题，皆不能离开知识问题，已如上述；而怀疑所能达到者，为知识之盖然性，信仰所能达到者，究亦不过为知识之盖然性。因为爱因斯坦虽是由怀疑牛顿的引力说而发明相对论，然相对论仍不过是一种盖然的理法；詹姆士虽是极端推崇信仰，然亦不过出于一种想赌赢的心理（詹姆士把信仰看作一种赌博，以为不信仰的人，只是怕输，因为输赢没有把握，还是不赌为妙；詹姆士不然，詹姆士以为不赌哪会赢，我只当作不会输的，所以还是大胆向前去赌的好）。结果他的信仰的对象，仍不外是一种盖然的理法，既双方所达到的同为盖然的理法，则二者不期调和而自调和。由调和之结果，得使盖然之度增大，而人生益知所遵循，不至两有偏倚。并且就知识而论，怀疑实为信仰的基础，因为怀疑为认识的初阶，既已明了认识，方可信仰坚强。反之，信仰亦为怀疑之基础，因为离去信仰，则怀疑者与被怀疑者均失其立足点；如笛卡儿云"我思故我在"（Cogito ergo sum），笛卡儿先信仰"我在"，故由"我在"之立足点以怀疑一切，否则怀疑便无根据。如此推论，可知怀疑与信仰，固两相济而两不相妨。怀疑与信仰之争既去，则科学与宗教之冲突，也不难和缓了。

有些人说，怀疑为求思想之增进，信仰为图生活之安全，二者趋向不同，故永无接触之机会。我以为这种说法，自有是处。不过我认思想与生活不宜截为两事，我们思想到何处，生活便到何处，思想与生活要成一整个的，那我们的人生才是合理的人生。所以文明人的信仰，应该比野蛮人的信仰坚强，因为文明人思想早已启发，不轻于置信，非同野蛮人所信的易被人攻破也。又信徒之怀疑，也应该比非信徒之怀疑坚强，因为信徒的感情比较确定，一经置疑，即锲而不舍，非同常人之疑信反复也。所以怀疑与信仰，处处都有密切交涉。

又有些人说，一部文明史完全为一部怀疑与信仰之斗争史，中世纪以前泰半为怀疑的空气所弥漫，一入中世纪，则全为信仰的空气所弥漫，然至启蒙时代而怀疑之风又盛，其后历十八九世纪以至于今，怀疑信仰，递为盛衰，可见二者始终不易调和。我以为这种说法，虽不为无见，但我以为与其说一部文明史为一部怀疑与信仰之斗争史，毋宁说为一部怀疑与信仰之演进史，因为怀疑常与迷信斗争，却反与信仰演进。当天文学地质学之发明，而天堂地狱之说破，由种源论之产生，而创世纪之说破，是使吾人对于天文学、地质学、种源论等增一度新信仰，而减一度旧迷信。这便是怀疑与信仰演进之一个显例。可见怀疑与信仰，如用得其当，固皆可以树为标帜，正不必对于詹姆士之信仰的意志与罗素之怀疑的意志而漫施其赞否。因为他们主张的不同，正是他们的见解独到之处。

教育与人生[①]

近年来国内学术界渐渐地注意到教育问题，近几个月来更渐渐地注意到人生问题，这确实是学术界一种可喜的现象。但什么叫教育？换句话说，教育之目的何在？什么叫人生？换句话说，人生之目的何在？恐怕能够明白答复的，大约尚占少数。最近更有谈到教育与人生之关系问题的，但其间究竟是什么一种关系，恐怕更少有人能够说出其所以然，兄弟不揣冒昧，欲提出这几个难题和诸位讨论，现把这回讲演，分作三项说：

一、教育之目的何在？

自来教育学家、心理学家、哲学家、文学家乃至社会学家、文化学家讨论教育目的的，虽不乏其人，但能触到教育之中心问题的却是很少，现在先叙述论教育目的的几种主要学说，然后用浅见加一番批评。

---

① 本文是李石岑在上海沪江大学教育研究会的演讲。

（一）教育单在造就"人"，别无目的。（卢梭）

（二）教育以"完全"为目的，但有两种：有以合理的完全为目的的，如康德（Kant）；有以道德的完全为目的的，如赫尔巴特（Herbart）。若柏拉图（Plato）为图一切之圆满完全。他的主眼全在美。

（三）教育以"发展"为目的——在人类一切能力之谐和的发展。（裴斯泰洛齐 Pestalozzi）

（四）教育以"幸福利益"为目的。（巴译多 Basedow 一流之泛爱派）

（五）教育以"完全之生活"为目的。（斯宾塞尔 Spencer）

（六）教育以"自己发展"为目的。（黑格尔 Hegel、洛荪克兰慈 Rosenkranz 等）

（七）教育以"社会的命运"为目的。如今日许多社会的教育学者，都是属于这一派。但其中有以人类社会全体为主眼之世界主义者，例如威尔曼（Willmann）一派之出于"罗马加特力教"者及以国家国粹为主眼之国家教育学者皆是。

（八）教育以"适应"为目的。如近顷之巴特勒（Butler）、霍冷（Home）等皆是。

由上所列各种目的观之，或着眼社会命运，或着眼道德，或着眼幸福利益，平心而论，都未能道出教育的神髓，我都无取。我所最服膺的就是卢梭的单在造就"人"别无目的一个意思。因为照社会派所说，教育专为社会发展，结果就不免把人当作社会发展的工具。照合理派所说，就不免以一概全而为形式化；照道德派所说，就不免重外轻内而为机械化。这两派的主张，统犯了轻蔑个性的毛病。照幸福利益派所说，就不免有所为而为；有所为而为，便倾斜于外，自己失了重心。照适应派和完全生活派所说，就完全重在适应而失掉创造的精神。这几派都中了功利主义的毒害，很不容易把我们的生活弄得安稳的。所以只有卢梭说得最好，老老实实地说，教育之目的，只在造就"人"。其次则培斯达洛齐也能阐明人的价值，他的心性开发主义，实在增进人的地位不少。人之所以为人，毕竟非简单数语所能阐发的；有了达尔文的种源论，而人与自然界的关系才稍稍明白，有了斯宾塞尔的社会哲学，而人与人的关系才稍稍明白，有了詹姆士的实用主义，而人的本身的意义和价值才稍稍明白，人究竟要到何时才能显出他的本来面目，这不能不凭教育力以为断。所以教育之最终的目的，只在表现真"人"。但真"人"为何，请在次节讲明。

二、人生之目的何在？

人生问题到近代很惹起一般人的注意，其中有显著的三个原因：一、物质观的原因。十九世纪物质文明发达的结果，使我们的生活日日感着不安，好像事事都脱不了机械的圈套；于是不知不觉之中，使我们日陷于苦闷烦恼，冷淡凝滞，惨刻寡思。又因资本主义得势，私有财产制度日见发达，社会上的组织日见其不自然，最显著的便是贫富的悬隔,人民的生计因此困难达于极度,于是对于人生遂起一种疑念。自由身的贫苦望他人的安乐,以为人生或系由于宿命。二、精神观的原因。由上面所述的情形生了一种反动,以为宿命说太无意思,而由知的发达的结果,遂排去种种妄信妄念;又因一般人醉心于物质生活之故,遂极力提倡精神生活,这时候对于人生之考虑,不似从前那样单纯的而且低度的,就是生活上感着贫困或压迫,以为这不是无因而至,必有所以招致贫困或压迫的理由在里面,便不断地去探索这个理由。还有一层,这派人把精神看作万能的,以为凡事都可以把精神去支配,便一切问题都不难迎刃而解。三、物质上精神上过度发达的原因。人所以为万物之首出,就因为人有和万物不同的脑和手;但是由物质文明发达的结果,我们的手足都成为机械化;不仅是手足,便是五官,都渐渐减了作用。眼所接的都是些精细或闪烁一类的东西,于是目力就不及从前了;耳所接的都是些杂沓或霹雳一类的声音,于是耳力又不及从前了;推而至于全身之构造,都莫不日见退化。至论到脑,那更退化加甚。神经过敏,不平怀疑的心念,日深一日;情绪涣漫,意志薄弱,讷尔导(Nordau)所陈述的变质者和"希斯特里亚"(Hysteria,现一般译作"歇斯底里")患者几种特征,都一天一天地增多,这样看来,人类所以成功原靠脑和手,如今却将要淘汰在脑和手里面。今后的情形虽未可测,然总不会向好的一方面走,却未尝不可以预断。况且据统计学家所报告,快要到地面不敷食物不足的日子了,人类终久逃不了灭亡,因此有一般人常起一种意外的恐慌。这三种原因确是惹起一般人注意人生问题的重要点。因此对于人生便有几种不同的看法，而厌世观乐天观等就因之而产生。本来讨论人生问题的，大概分三派：一派是厌世说（Pessimism），一派是乐天说（Optimism），一派是改善说（Meliorism）。厌世说完全否定人生，以为现世不过是些未掩充满善和美的一个乐土；像希腊古代哲学者黑拉克里特斯（Heraclitus）、亚里士多德等以及斯多葛派新柏拉图派、笛卡儿、斯宾诺莎、康德、菲希特、谢林、黑格尔、诗来马哈尔、帕尔逊（Paulsen）、斯宾塞尔一流人，都是属于这一派。改善说以为前两说都犯了走极端的毛病，如照乐天说，便不免流于放任，如照厌世说，又不免流于消沉，因起而折中二说，为人生立一正鹄。这在大多数学者都无异辞，用不着举出代表者的名字。不过此派的创始，不能不推乔治爱里阿特（George Eliot）。统上三大派观之，无论哪一派里面，都包括不少相异的根据；虽在同派，而所根据的也不一致。譬如安塞姆（Anselm）由主意的见解讲乐天；梭麦士、安葵奈斯（Thomas Aquinas）由主知的见解讲乐天；叔本华、哈特曼由哲学的思索讲厌世；霍布士由伦理的见地讲厌世。由这些根据所形成的厌世观乐天观等，都可算是些解决"人生之谜"的锁钥；与上面所述由三个原因而产生的厌世观乐天观等，实在同为对于人生问题增加不少的考证。人生观经了这许多考证去推求，或许容易发现人生之真谛；但我的意思，对于这几种说法，都有不满之点。因为他们所讲的，都是价值的问题，不是存在的问题，都是"不可不这样"的问题，不是"本来是这样"的问题。乐天观厌世观云云，乃是计算我们活在世间值得不值得的问题；这和柏林大学教授黎尔（Riehl）一类的见解不相出入。黎尔在所著《现今之哲学》内论《人生观之问题》一文，完全不出这些"价值批判"的见解。但近来学者多不主是说，像倭伊铿（Eucken）便另具一副眼光，不是这般狭隘。他以为人生观乃是理想上人类生活的性质；这种说法，较黎尔确胜一筹。不过我对于人生的看法，却另是一个出发点。我以为我们赤裸裸的面目，只是盲目的生，换句话说，就是一种"生的冲动"。正和飞蛾扑灯一样，飞蛾只顾向灯光扑去，不管自己所受的影响如何，我们只是朝着"生"一条路子走去，不管作圣作狂，为贤为不肖，结果非达到表现"生的冲动"不止。英雄的征服欲，学者的知识欲，诗人的感情激昂，小孩子的游戏冲动，老人的一息不懈，都莫不是这种"生的冲动"的结果。因为我们赤裸裸的人生，原来如此。所以那些"价值批判"的说法，都是不中用的，论人生目的每喜作架空之论调，如快乐说、幸福说、名誉说、勋业说、道义说、功利说、自我说、爱他说、社会说、未来说等；其实何尝是人生之本然。如果说人生有目的，那种目的必系一时的假设，如在沪江大学当学生时，便以在大学毕业为目的，但毕业后则这种目的即消失，而他种目的又随之而起，如此演进不已，直到盖棺之日；但回想当初，却是为何。所以目的系一时的假设，而人生的冲动，乃人生之本然，这样推论下去，可以知道我们人生本来无目的可说，而这样无目的的人生，便是真"人"的人生。真人乃不受任何染污之谓，所谓"本来无一物，何处惹尘埃"。在真"人"上做教育功夫，那教育才不失其真价值。

三、教育与人生的关系

人生既是一任"生的冲动"，便不受任何羁勒，但事实上羁勒是免不掉的。就全能够免掉，而我们的人生，岂可就此终止，于是不能不图生之增进与生之绵延；换句话说，就是图生之无限。生之增进，是想在空间方面图生之无限；生之绵延，是想在时间方面图生之无限。但无论时间空间，在现实的世界总是有限的。生之增进，达到某程度，便不免与外围相冲突，或与内部生理的心理的精力之极限相矛盾；生之绵延，达到某程度，便不免为生理的年限——死——所阻止。所以生之无限，常常与现实世界之有限相抵触，我们的人生到这个时候，便不能不变形。所谓变形，便如大石之下所生的草芽，无法伸出，只好婉转委屈以求曲达旁通。生之无限就好比这根草芽，现实世界之有限就好比这块大石，变形就如婉转委屈以求曲达旁通；而此变形即道德宗教等之所从出。道德为调摄无限和有限的矛盾，乃使无限稍为让步，所谓消极的解决；如与外围冲突，便立恭敬谦让等德目，如内部发生矛盾，便立自重节制等德目；结果为欲得到永远之增进，故宁牺牲暂时之增进。宗教亦然，宗教为道德无可如何之又一面，为解决无限和有限之矛盾，形成一种精神状态，导无限之绵延于超现实之世界，所以有种种变态及许多宗教的现象。又对于生之苦痛，亦归之于超现实的关系，借宗教的解决而予以慰藉，仿佛把我们内面所抱的无限圆满之人生，都令其客观化。于是生之无限，终究可以得到，推而至于道德宗教以外的现象，都可用这种功利的说法；把道德和宗教以及其他现象当作功利现象——变形——去说明，那生之无限，便无往而不可能。我们在这里可以总括地说一说。生之无限，是我们本来的面目，也是我们不断的欲求。这是第一境界。欲达到生之无限所需的功利现象，是为第二境界。从这种功利现象更进化，把第一第二境界都忘却，使道德宗教等的威严可以独立，好像是先天作用一般，是为第三境界。这些道德宗教更和第一境界的生结合，是为第四境界。而这第四境界，即又同时为第一境界，由此循环演进，教育功用即便存于第二境界与第四境界当中。所谓功利现象，换句话说，所谓变形，就完全是这种教育的功用。我们的生活至此乃日益丰富，教育和人生的关系，至此才明了真切。由这种分析的说法，就知道我们人生直是本来如此——盲目的生，生之无限——用不着厌世，也用不着乐天，完全离开了一切"价值批判"的见解；而教育之所以贡献于人生，也不烦言而喻了。

　　以上三项，均已讲明，因为诸位于教育学术，研究有素，故不敢以肤浅泛常之语相饷。今日所讲，在拙著《教育哲学》中也稍稍说过。盼望诸位加以指正或批评！

佛学与人生[①]

今天承贵会招请讲演,得与诸君有商量佛学的机会,荣幸何加。佛学在我国历史虽久,但在最近几年内,可就愈提倡而愈失其真面目了。近来无论哪一省,都渐渐有佛学研究会佛教讲演会的设立,并且人人口头上都会连上几个"真如""涅槃"等名词,尤其是那些万恶的军人,也都有皈依佛法的倾向,这何尝不是一种可喜的现象;其实佛法经这么一热闹,倒弄糟了。他们所谈的佛法,所提倡的佛法,所皈依的佛法,简直不是那么一回事;他们心目中的真如、涅槃等,也完全是些杜撰的东西。更可笑的,近来新文化大摇大摆之时,他们恐怕佛法站不住脚,于是拿着"真如""涅槃"等名词,牵强附会到新文化上去,想借此机会和新文化并驾齐驱;你看这种用心,何等可笑!因为他们第一是找不清楚究竟什么是佛法的真面目,第二是并佛学和佛教的区别,也未暇留意及之。试问这样踉踉跄跄地去凑热闹,佛法焉得不糟。我虽是颇晓得此中情形,

---

① 本文是李石岑在上海商科大学佛学研究会的演讲。

但我于佛学却是外行。去岁我在南京支那内学院和欧阳竟无先生谈到此层,很想有个机会把那些瞎凑热闹的地方揭破揭破,并且提出一点由欧阳先生得来的真佛法;今日可谓适逢其会。所以我今天到贵会讲演,比到他处讲演尤其兴致浓厚些。

有人以为提倡佛学,是于现在的中国不相宜的,是与现在急需提倡的科学相抵触的,其实在我看来,都是些不明佛学内容的外行话。我以为佛学的提倡,不特对于科学毫无抵触之处,而且能使科学的方法上,加一层精密,科学的分类上,加一层正确,科学的效用上,加一层保证。这无须大家客气,也不用大家辩争,有佛学具在,设使我所认定的佛学终有昌明之一日,便自然会显示他那种特殊的功用。还有一层,我国目下宜急于提倡科学,固是天经地义,但对于提倡科学的热望,在真懂得佛学的人,不会比从事科学的人热度减少;因为佛学里面,正有不少碰到科学上的问题而不能愉快解释的地方,所以更切望科学昌明,以助他们一臂之力。事固有看似相反而实相成的,我们又安能预定其结果?如果佛学真有价值,那就科学纵在大吹大擂之下,佛学仍可以从容从后台出演。我这段话的本意,是在表明学术昌明的时候,无论对于何种学术,只看那种学术本身的价值,不宜以人意而做左右袒,这才是提倡学术的正当态度。我因为这段话颇关重要,故在讲演"佛学与人生"之前,插说几句,以后专讲本题。

佛学与人生这个题目,认真说起来,要把它当作一部书讲;今日因时间关系,只能讲个大概,并且只能就各方面最共通的地方说一说。我今年在山东讲演《人生哲学》，其中有一节专论佛法的人生观的，今日只好参照那篇说说佛学与人生的大意。佛家的思想，全由人生发端。要谈到他的人生，须要看他对于人生如何解释。佛学全用一种分析的方法，解释一切。什么叫作"人"，又什么叫作"生"，一分析了便看不出实实在在的"人"在哪里，也找不着实实在在的"生"在哪里。我们平常都执死了有这么一回事，而后有开拓"人生"种种的说话，到此时都不免失掉根据了。然而生起那样的执着，也非毫无原因：说没有"人"，却有使我们执着为"人"的种种相貌；说没有"生"，却有使我们执着为"生"的种种相貌。这种种相貌，究竟是些什么东西呢？这便是生灭不停又如幻不实的法相。待我分条讲明。

　　为什么说没有"人"但有相貌呢？所谓人，乃是对于非人的一种分别，自觉是人，又是我和我所（属我所有的意思）的一种分别，其中主宰一切的乃在于"我"。"我"，是什么？将构成"我"的东西一一拆散了，无非是各部分的身体，各部分的心思，以至各方面相关系的精神事实，何处寻出个"我"来？分开了固没有"我"，合了起来也没有我，不过有互相关系的身体心思共同合作的一种相貌而已。凡有自性，不从他物凑合的东西，乃是实实在在的东西，而所谓"我"，不过是这样那样凑合的一个名词，其为不实可知。这一层是推人而至于法，假说人空有法有。如进一步论到法，法也待着种种因缘而后起，也没有自性，没有实体，于是法又成了凑合的一个名词。这一层是推法而至于相，假说法空而相有。至论到相，那是瞬息全非，一刹那生，一刹那灭，流转不息，变化无端，有如流水，要指何部分为何地之水，竟不可得。这样的相，都是幻起，非有实物可指，故说相亦假有。

为什么说没有"生"但有相貌呢？人生的事实，分析开来，也是一分一分的法，法又是假有的相，本来"实有的生活"，是无处安足的。我们"生"的种种，结果都落在种种的相里面，相并不限定表示在外面的，即隐在内面的，也有隐在内面的一种相。我们看见天明，有一种天明的相，我们不看见的黑暗，也有一种黑暗的相，我们把意思发表在言语，有一种言语的相，我们把意思隐藏在脑中，也有一种隐藏的相。吴稚晖先生所说的黑漆一团，就有黑漆一团的相，日人吉田静致所说的同圆异中心，就有同圆异中心的相，所以我们"生"的种种，结果只不过是种种相貌。但相是幻有，而其为幻绝不是无中生有，幻正有幻的条理，就是受一定因果律的支配。有因必有果，无因则无果，于是幻相大有可言。因并不是死的，因只是一种功能——唯识家也称作种子——如果功能永久是一样，则永久应有它结果的现象起来，但其实不然，可知它是刻刻变化生灭的。如果有了结果的现象，而功能便没有了，则那样现象仍是无因而生（因它只存在的一刹那可说得是生，在以前和以后都没有的）。所以现象存在的当时，功能也存在，所谓因果同时。功能既不因生结果而断绝，也不因生了而断绝，所以向后仍继续存在。但功能何以会变化到生结果的一步，又何以结果不常生，这就是有外缘的关系。

一切法都不是单独存在的,则其发现必待其他的容顺帮助,这都是增上的功能。那些增上的又各待其他的增上,所以仍有其变化。如此变化的因缘,而使一切法相不常不断,而其间又为有条有理的开展,这就是一般"人生"的执着所由起。其实则相续的幻相而已。

在此处有一层须明白,就是幻相相续有待因缘。这因缘绝不是自然的凑合,也绝不是受着自由意志的支配,乃是法相的必然。因着因缘生果相续的法则而为必然的,佛家也叫作"法尔如是"。因那样的法,就是那样的相。因那样的原因,就起那样的相,有那样的因,又为了以后的因缘而起相续的相。有了一个执字,而一切相续的相,脱不了迷惘苦恼,有了一个觉字,而相续的相,又到处是光明无碍。所谓执,所谓觉,又各自有其因缘。故一切法相都无主宰。

在此处还有一层须明白。依着因缘生果法则(佛家术语为缘生觉理)的一切法相,正各有其系统,一丝不乱。因为相的存在,是被分别的结果。没有能分别的事,则有无此相,何从得知?然而相宛然是幻有的,这是赖一种分别的功能而存。但功能何尝不是幻,何尝不有相,又何尝不被其他分别功能所分别;所以可说在一切幻有的法相里,法有这两部分,一部是能分别的,一部是被分别的,两部不离而相续,故各有其系统不乱。那能分别的部分便是识,一切不离识而生,故说唯识。因唯识而法相井然。

因世间只有相并无实人实法,所以佛家说不应为迷惘的幻生活;因法相的有条理有系统,所以又说应为觉悟的幻生活。同是一样的幻，何以一种不应主张，一种转宜主张呢？因为迷惘的幻生活，是昧幻为实，明明是一种骗局，他却信以为真。所以处处都受束缚，处处都是苦恼，正如春蚕作茧自缚一般。至于觉悟的幻生活便不然，知幻为幻，而任运以尽其幻之用，处处是光明大道，正如看活动影戏一般。讲到此处，可知佛家分人生的途向为二，一种是迷惘的，也可说是流转的，一种是觉悟的，也可说是还灭的，流转不外于轮回，而还灭终归于涅槃。

轮回是因果法则必然的现象，是在一切法相的因缘里很有势力的一种缘，叫作业。因为业是改变种种法相开展的方向的。他的势力足以撼动其他功能，使他们现起结果，他或者是善，则凡和善的性类有关系的一切法相都借着他的助力而逐渐现起；他如果是恶，则凡和恶相随顺的诸法相也能以次显起，因这一显起的缘故，又种下了以后的种子。功能是不磨灭的，因业的招感而使它们有不断的现起，业虽不一一法都去招感，它却能招感一切法相的总系统，因它的力而一切法相的系统总在一定的位置中。而由业所显起的人天鬼，就在这些位置上常常一期一期地反复实现，这就叫轮回。其实业也没有实体，也不会常住，但功能因缘的法则上有如此一种现象，如此一种公例，遂使功能生果有一定的轨道。

再说涅槃。涅槃是幻的实性，却不是"虚无""灭绝"，幻便幻了，有何实性可言？但幻只是相，而相必有依，就是空华的幻象，也须依着太空。所以一切幻相，都各有其所依。于是假说为"法性"，又有时也说为"真如"，以这是幻相所依，所以说是不幻，这只是遮词，究竟哪是真是如，是安不上名词的，也不容想象的。佛家全副的精神，佛学全般的精义，只是一个"遮"字，而"遮"即寓表于其中，由法相的幻看出法性的不幻。觉悟的生活，必须到这一步，觉悟了法性，而后知法相，而后知用幻而不为幻所困，什么病都去了。

由迷惘如何走到觉悟，这全凭一点自觉，一点信心，能自觉方知对于人生苦恼而力求解脱，能信方有实事求是的精神，反此则欲免去苦恼而苦恼愈甚。但人间世固有不少具此自觉与信心者，所以推到一切法相的能力里面，本有有漏无漏两方面，有漏是夹着苦恼的，无漏是不夹着苦恼的。关于这上面的话，说来甚长，暂不具引。

佛一代说教，都是以涅槃为指归。从前的人讲错了，佛教徒一部分也讲错了，以为涅槃是"废灭"，是"寂无"，什么束缚，什么苦恼，到此都绝灭了根株，枯木寒灰，连木也化为烟，灰也化为尘，什么事都没有了，实则何尝如是。佛教人以涅槃，不过证得法性常住，便知法相如幻，而后有事可做，而后才能做事，而后不能冤枉事。所以佛的无尽功德，就从涅槃而来。不过众生的根性，有种种的分别，就是那一一系统的功能的堪任性各有差别，对于这涅槃的证得而后的境界也不同，对于证得涅槃所用的功夫也不同，所以又有三乘的区别。

声闻乘的众生因闻声教而悟道，缘觉乘独自静观而悟道，他们只知自利自觉，唯有菩萨乘（也说佛乘）自悟悟他，并行不悖；求得一切智智，无所不知，也就六度（施戒勤忍禅慧）万行，无所不行。最紧要的一件事，是在发菩提心，求无上菩提（觉）之心；并还不退这种发心，以这发心不退为据，则事事皆为菩提行；不必改现在社会的组织，不必削除须发，而无害其行菩提之行。一切人事无不可行，但以存菩提心为限，这是何等圆满周遍的说法呢！但因为一切系统的一切法，都是有关系的，所以一系统的生活必有关系于其他系统，更必以其他系统之生活改正，为自己生活改正之一条件。以是菩萨对于一切众生，不自觉有大悲之心，而他的行事，总是视人如己。佛法的人生，乃是这样的一种生活。关于这上面的话，今日为时间所限，不能详说。欧阳竟无先生不久当来沪，我当介绍到此地讲演一次，那就诸位研究佛学的热望，不难圆满达到了。

哲学与人生①

我一向在这里讲述美学，今天程先生要我讲讲这个题目，我因为诸君对于哲学研究的兴会不浅，便欣然允诺。不过这个题目，看似容易，实在讲起来，所谓哲学，倒不能不先将哲学概念的变迁讲个大略，否则便不易讲明哲学与人生的关系。但讲到哲学概念的变迁，便不能不做一种哲学史的考察。哲学概念的确立，本来是极难的事。这就因为哲学的研究范围太广泛，而其研究的对象又复不确定，所以想对于哲学下一个确切的定义，几乎是不可能的事。哲学的概念从古代到近代，大概可以分作三个倾向来说：一、根本的倾向；二、总合的倾向；三、特殊的倾向。当柏拉图分哲学为广狭二种概念：说广义的概念在"知识之获得"，狭义的概念在"以哲学者为常住者或为永久不变之认识者"；亚里士多德的见解亦与此同，谓哲学以探究事物之原因及原理为职志，因指形而上学为"第一哲学"，物理学为"第二哲学"；其时所谓根本的倾向与总合的倾向，尚

---

① 本文是李石岑在上海神州女学的演讲。

未分明，故一面以"一切科学的认识"之总合为重，一面又特重做此等认识基础的所谓根本原理之学。但到了近代，情势便不同了。一方面哲学与神学独立，他方面特殊科学又与哲学分离，于是哲学的概念，分途发展，遂成了鼎立而三之势。注重根本的倾向的，大抵沿袭希腊哲学之故智，对于特殊科学而极力阐明根本原理之学。欧洲大陆派的哲学者，多属于此派。如来布尼疵（现一般译为莱布尼茨）以哲学为"一般学"（scientia universalis）谓专属于"知识的研究"（studium sapientiae）；而同时把哲学比作一棵树木，所谓原理之学的那种形而上学比作根株，其特殊的范围都比作枝叶。菲希特的见解亦与此相近。他把哲学叫作"知识学"（Wissenschaftslehre）。不过他比来布尼疵更进一步，他不仅把哲学当作一般学，他并把它当作一切知识的起源。于是到了黑格尔，在形式上，为"对象之思维的考察"（Denkende Betrachtung der Gegenschaft），在内容上，即为"绝对之学"（Wissenschalf des Absoluten）。因此哲学全走了概念的思考一条路子，而与经验的认识全为绝缘。这派后来虽大受攻击，但其余绪至今尚有游伯尔威（Uberweg）一派人倡导。注重总合的倾向的，也是出发于希腊哲学，不过这派到近代才占有一部分势力。赫尔巴特以为哲学的职分，只在除去概念的矛盾。因此他下哲学的定义，就叫作"概念之改造"（Bearbeitung des Begriffe）。此派注重特殊科学，与黑格尔一派专重概念的思考者全相反。其后经温特之修正，此种倾向愈益明了。温特以为哲学的职分，就在由特殊科学的认识，组成一不相矛盾之体系。其他如孔特的"人类概念之一般体系"（Lesystème Gènèral des Conceptions Humaines），斯宾塞尔的"完全统一的知识"（Completely—unified Knowledge），帕尔逊的"科学的认识之总体"（Inbegriff Wissenschaftlicher Erkentnis），莫不属于此倾向。此派的特征，是不把哲学当作科学的根本，而把科学当作哲学的出发点。所以认科学的认识之总合与统一为哲学之本分。注重特殊的倾向的，乃是想把哲学的问题制限到特殊的范围里面，属于最近代之事。此种倾向，在英国经验派哲学者如洛克、谦谟等之排斥形上学的研究，而以哲学之问题专限制在认识论及伦理学之范围内之时，已具端倪。但彼时尚不十分显明，直到最近，而哲学之特殊范围，始益显著。如边讷克（Beneke）、李普士（Lipps，现一般译为里普斯）以哲学为心理学及"内部经验之学"（Wissenschalf von inneren Erfahmng），与自然科学相对立；苛恩（Cohen，现一般译为柯亨）、黎尔（Reihl）等以哲学为"认识之学及批判"（Wissenschaft und Kritik der Erkentnis），与形上学相对立；此外如维因德尔斑（Windelband，现一般译为文德尔班）等以哲学为"善论"（Güterlehre）或为"普遍妥当之价值学"（Lehre Von Den Allgemein Gültigen Werthen）皆欲将哲学划定一特殊范围而与他种科学相对立。所以这些人都可归入第三倾向。这三个倾向既已讲述大略，我们可以看出哲学概念的变迁，有由于时代不同与哲学者的气质不同之处。既哲学概念因时与人而变迁，那就哲学与人生的关系，也不能不因时与人而异。照根本的倾向一派所说，人生不过是"绝对"的一个反影，

"概念"的一种形式，绝无意义与价值可言。照总合的倾向一派所说，人生虽附于科学稍稍与哲学发生交涉，但常为总合的体系所掩，致人生不易受到哲学亲切的指导。唯照特殊的倾向一派所说，人生始在哲学上占重要之位置；而哲学所攻究，亦渐有离开人生别无内容可言之势。由上三者观之，可知哲学概念之变迁与人生问题相关最切。哲学概念之不易确立，在十九世纪中叶为特著，其时虽颇知注重人生问题，但一向看重的所谓认识论实在论等，仍然不能不占哲学研究的正当范围。直到二十世纪以后，才把人生问题当作哲学的中心问题；而认识论实在论等虽亦认其存在，但用意完全与前相反。盖认识论实在论等皆为阐明人生真义而设，离去人生则认识论实在论早为无用之废物。此为现代哲学上的根本精神。我们要到此时，才好讲到哲学与人生，才能讲明哲学与人生的关系。

我们现在想找出代表现代哲学上的根本精神的，当然不能不首推詹姆士一派的实用主义与席勒的人本主义；此外像英美的新实在论，桑塔亚那（Santayana）一派的批评实在论，德法诸国的主意说，与夫一切以生为本位的诸哲学，都是为着反对从前哲学上的主知说和观念论而起，大部分也可以代表这种根本精神。詹姆士一派的实用主义，可以说是专为讲明"哲学与人生"的一种哲学。现在先讲讲他的真理相对观。所谓真理相对者，就是说真理不是死的，真理也和别的东西一样可以进步发达，就是要看它对于人生的效用如何，换句话说，人生便是真理的尺度。他这种真理说，乃是对于历来的唯理论及普通的经验论做一种不平之鸣。唯理论以为真理是永久不变的，是由"人类之认识与实行"游离的一种东西，纯然属于客观的存在。他这种说法，最大的短处，便是误解真理之性质。试问真理与人生不生交涉，则真理与非真理之标准如何而定？于是唯理论者提出数说以为解答：一、"真理者不含有任何矛盾者也"；这种解答，很不易使人满意，因为实际上矛盾总免不掉的。二、"真理者最明了精确者也"（如笛卡儿）；这种解答，更属空泛，因为明了精确，不易找到一个标准。三、"真理者自明（Self-evidence）者也"（如斯宾诺莎）；这种解答，亦嫌广漠不着边际。所以唯理论的真理说，极为实用主义者所排斥。至普通的经验论者之真理说，亦有不完全之点。彼辈之主张，以为吾人之知识与实在相一致或相应，于是有所谓相应说（Correspondence—theory），谓知识与客观的实在相应者即为真理，否则为非真理。但这完全是出于一种观察之错误。我们平常以为主观内的事常觉得不明了，客观世界的一切现象，因为表现在外面，倒很觉得明了，其实这种观察，完全与事实不相应。我们主观内的事，可以自己去省察，倒很明了，但论到客观的实在，我们确没有知道那实在真相的权利；我们所知道的，不过是一种盖然的东西。平时对于客观的实在以为是得到一种正确的知识，其实都不过是自己所认定的正确，究竟客观的实在是否照依我们所认识的正确，这是永远不可解决的问题。所以说知识与实在相应，乃是我们理想上的相应。正如谦谟所说真理乃为吾人主观内之观念与观念相一致。是则相应说不能取为真理之证明，于此可见。所以实用主义者对于这派的真理说亦加以排斥。实用主义对于两说既都无所取，然则吾人判断真理非真理之标准，果于何处求之？于是詹姆士提出实用本位的真理论。所谓实用本位的真理论者，乃以实用为决定真理之最后的标准，换句话说，就是一切以"有用的结果"（useful consequence）为准则。故凡产出有用的结果的知识概为真理，产出有害的结果的知识概为非真理。由是真理完全成了一种价值。现时有现时的真理，古代有古代的真理，东方有东方的真理，西方有西方的真理，真理一以人生的实用为归。实用主义这种真理的决定法，乃完全采自自然科学的决定法；自然科学的证明，以能生一定的结果为真实，否则为非真实，詹姆士即用此法以平衡哲学上之诸问题。故对于唯心论唯物论之批评，与对于有神论无神论之批评，莫不采用此法。这是詹姆士真理观的一般。再讲他的根本经验论。讲明此处，而哲学和人生的关系，乃益了然。由上面所示，真理不过是一种实用，换句话说，真理就不过是日常生活之一分子；但生活却便是经验之全体。故真理相对观不啻以哲学为经验中之一过程。哲学既具有这种性质，则对于前此经验之解释，不得不加以正。前此经验之解释，或以经验为不正确的知识之根源，或谓经验以外别无所谓认识的手段。詹姆士的经验论，两无所取，而其说自与后者为近。本来经验一语，意义极不明了。虽号称模范的经验论者如英国洛克所解释，亦不能使人满意。洛克认有内外两面之经验，内面之经验与反对论者所谓理想几完全相同，外面之经验则纯属感觉。感觉照普通所解释，全是一些断片的印象，不能生知识。故非一感觉与他感觉相结合，或成本体与属性之关系，或成原因结果之关系，则不能了解。换句话说，非感觉当中确有一种结合作用，则其结合都不过是假定的结合，此谦谟之怀疑说所由生。这可说是经验论的一种致命伤。詹姆士的经验论，便完全与此相反。他认为经验中就早已具备完全结合的要素。凡以感觉为个个分离之印象的，都不足说明真的经验。实际之感觉，乃前后相连续，故其结合作用早已备具。如"书在桌上"一经验中，"书"与"桌"固然是经验内的事，但"在"与"上"，也是经验内的事。要是这种彻底的解释，那经验的意味才圆满。又须知道，经验的解释，不仅限于知识方面，经验的最大要素，乃在与生活全体相结合。故经验不重在知而重在行。由是可知哲学非纯粹知识的产物，乃为生活作用之一部分。哲学者也是一个生物，和一切生物一样，适应环境而营适当之生活作用。也由种种行动，试验出许多错误，以养成正当之习惯。结果知识完全做了实行的一种工具。而哲学乃成为人类情意的要求。人类情意多一度要求，哲学即多一番改造。要求无已时，改造亦无已时。宇宙与人生，皆由此情意的要求而日进于完成之域，换句话说，宇宙与人生，皆由经验之增加而日进于完成之域。此正詹姆士根本经验论之精神。詹姆士所谓宇宙观之柔韧性（flexibility），即存于此。由詹姆士哲学的精神，可以见哲学与人生关系之密切。他如杜威之工具主义，席勒之人本主义，也无非是阐明这种关系。唯此种主张，有过重实用过重客观的结果之处，不免陷于一种偏狭的态度。所以又有新实在论及以生为本位的诸哲学以救其弊。唯关于阐明哲学与人生之点,究不如实用主义之亲切有味。现在因为关于这方面干燥无味的话说了太多,所以省掉不谈。且就人生方面观察观察,那哲学与人生的关系,益发可以了然了。

由上面所述,可知哲学概念之变迁,乃由普遍的倾向走入特殊的倾向。但在人生方面便不然;人生乃由特殊的倾向走入普遍的倾向。人生原与动物的生活无甚差别,但由递演递进的结果,遂由图腾社会进入宗法社会,再由宗法社会进入国家社会(亦称军国社会),现在乃有由国家社会进入国际社会之势。可知人类的生活,完全是由特殊的倾向走入普遍的倾向。人类不能自外于伦理,由是讲伦理学者由个人的伦理学而家族的伦理学,由家族的伦理学而社交的伦理学,由社交的伦理学而国家的伦理学,由国家的伦理学而世界的伦理学,由世界的伦理学而万有的伦理学。可知人类的理想,也完全是由特殊的倾向走入普遍的倾向。我们如果不甘于与鸟兽同群,与草木同腐,我们如果不甘于做一种行尸走肉,便自然会自问自:我何以产生,我在宇宙间有怎样的一种价值,我和人及物有怎样的一种关系?如果连续不断地这样发问,便自然会由特殊的我想到普遍的我,由较小的普遍的我想到较大的普遍的我。正如倭伊铿所说的由自然生活伸张到人类的精神生活,更发展到宇宙的精神生活。所谓人生之基础,即此宇宙人生之大理想,由此宇宙理想乃有真正人生之出现。为保持自然的生命,不得不吸收自然物;为建设真正之人生,不得不吸收宇宙的精神。由是宇宙与人生打成一片，自我即宇宙，宇宙即自我，而人生的归趋，乃完全由特殊的倾向走入普遍的倾向。但我们人类何以归结到这种倾向呢？这是由于一种哲学的精神之鞭策，使我们不能不最后走到这步。至此更可想见哲学与人生关系之密切了。

合上所述，可知哲学是由普遍的倾向走入特殊的倾向的，人生是由特殊的倾向走入普遍的倾向的。然则又何以说哲学因人生而益倾向于特殊，人生因哲学而益倾向于普遍呢？这是因为哲学本以普遍为精神，但研究之方法，不能不从特殊出发，否则易陷于空想独断之弊，人生本以特殊为精神，但理想之所寄，不能不以普遍为归，否则又与鸟兽草木何别。故人生愈向上，则培养于哲学的精神者必愈多；哲学愈阐明，则借证于人生的事实者必愈广。德国为纯理论的出产地，可谓最富于哲学的精神者，故其人生泰半偏重哲学的人生；英国为经验论的出产地，可谓最留心人生的事实者，故其哲学泰半特重人生的哲学。二者固各有其独到之处，但其褊狭之点亦伏于此。德国极纯理论的精神之所届，致产出黑格尔一类的思辨哲学，谓个人宜从属于绝对的实在，而人生的意义遂完全丧失；英国极经验论的精神之所届，致产出知行二重真理说，谓有哲学上之真理与神学上之真理，结果在知的方面，不能有一种彻底的见解，而在行的方面，则尽陷人生于机械论决定论等的悲哀。所以二者都不免有所偏倚。这是由于德国太偏重哲学的精神，英国则太偏重人生的事实，故其失正等。须知人生虽是现实的，却不可不令其观念化，因为我们在极短期的生命，来去无着，要靠这种观念才发生一些意义，才发现无穷的生命，这才叫理想的人生；哲学虽是抽象的，却不可不令其具体化，因为我们研究哲学，并不是做一种论理的游戏，架一种空中的楼阁，所以要用事实去证明，使哲学上所发挥的都能实现，这才叫证实的哲学。英德两国虽各有其独到之处，但讲到这点就不无遗憾。唯法国似颇能补二国之所不及。法国对于哲学与人生常欲其融成一片。其最著者，为十八世纪的法国启蒙哲学与法国的大革命。故在他国的机械论唯物论等，一入法国即成为无神论无灵魂论，在他国仅有民约论之名者法国即演成革命而成民约论之实。法国由哲学改造人生之精神，在近世益形发达。如圣西门（Saint Simon）、弗尔尼（Furnier）、卡伯特（Cabet，现一般译为卡贝）等之急进社会改革论，孔特之新社会组织观及新宗教论等是其著例。所以法国的国民性与英德两国相较又另成一种轮廓了。

　　抑尚有一义。哲学与人生乃共负有一种创造的精神者，其故因哲学与人生都是一种艺术。哲学能使我们的生活丰富，能使人生的趣味隽永，能使荒凉的世界煞风景的宇宙，不感着寂寞悲哀，能使走马灯似的经验事实，不感着厌倦烦闷，不感着矛盾冲突，这完全是它一种艺术的职能。再观察人生，亦复如是。人生虽似与动物的生活无别，但忽而笑，忽而悲，忽而舞，忽而蹈，忽而弄月吟风，委随天地之大化，忽而神工鬼斧，创成宇宙之奇观，这又完全是它一种艺术的职能。哲学与人生既同具有这种职能，所以都能担负一番创造的事业。哲学能使人生观念化、美化、深化，是哲学能使低级的人生创造一种高贵的人生；人生能使哲学具体化、净化、纯化，是人生能使想入非非的哲学创造一种现实的哲学。所以二者交相为用，便成功一种创造的进化。那就更可想见二者关系之密切了。今天因时间短促，内中有几处未能畅快地发挥，望诸君见谅！

科学与人生[1]

十九世纪科学昌明的结果，一般人才知道科学影响人生之大。其中有最显著的三种科学，可谓对于人生发生绝大的影响：一、生物学；二、物理学；三、变态心理学。我们如果要问"什么是人类"，那是非生物学不易圆满解答的；由生物学发达的结果，使现在和将来的道德宗教政治法律，等等，都不能不开辟一个新方向。我们如果要问"什么是物质"？那是非从现代物理学不易彻底了解的；凡关于电子及以太等之研究，都可说是解决这个问题的锁钥。我们如果要问"什么是精神"，那是非从变态心理学不易窥见一二的；凡关于心灵现象之研究，都莫不是想用人力去向精神方面做一种探险。由这几种科学发达的缘故，于是谈人类起源问题的，谈物质生成问题的，谈精神发生问题的，才不敢十分放肆，才知道都可以慢慢地用科学的方法去解决。我今日讲演本题，要想充分讲明，非时间所许；权且分作三项来说，聊述我个人的一种浅测而已。

---

[1] 本文是李石岑在湖南育材中学的演讲。

一、科学与人类的身体

现在先讲科学与人类身体的关系。我们身体的健康与否，与人生问题相关最切身体虚弱与多病早夭的人，常易流于厌世思想，身体强壮与年高寿永的人，每多富于进取精神，这便是身体与人生相关的明证。我们一生的衰老病死，没有一时不影响于我们的思想。佛一代大业就源于他三次出游，不是遇着衰老的，便是遇着疾病的；不是遇着疾病的，便是遇着死亡的。他因此想到人生一切苦恼而思有以解脱，于是涅槃之教所由倡导。叔本华的厌世哲学，也泰半因为他遭遇"虎列拉"（即霍乱）的流行病，他为避免这种流行病，曾由柏林逃到弗兰克福特（Frankfurt，即法兰克福）；继承他的思想的哈特曼（Hartmann）也对于这种流行病而发表过悲观的见解，并慨叹未来这种新病的增加。但这些病患的流行，确是由于医学不发达。虎列拉的流行病，并不是他们所想象的什么空气之化学的变化，完全是霉菌的作用，现在血清治疗法发现以后，这类的流行病都可以设法预防。如果在1831年有了这种发现，那就在当时的哲学，也不免要转变一个方向，叔本华的厌世哲学，也可以不谈，黑格尔在柏林大学的唯心论讲义，也不必借此中止。再回头看十四世纪之时，黑死病流行的结果，全欧洲人口的三分之一被毒害；在当时一般人以为这是神的愤怒之发现，于是齐集教堂以祷求这种疫疠之平息，并于奥地利首府建一石碑，以表彰天德之巍巍。但这种疫疠，由许多医学家的研究，已断定为一种霉菌，了无疑义；所以现在受这种疫疠的毒害的就剧减了。印度因为信奉婆罗门教的很多，不肯用科学的治疗法，所以现在瘟疫尚盛行。可知科学之力，直接的足以减少许多无名的病症，间接的即足以订正许多错误的思想。唯对于一切病源尚未能根本廓清，这是医学尚未充分发达之故。以上是关于病患的，再讲讲衰老的原因，便更知道科学与人类的身体相关之切，而于人生问题更可得到不少的觉悟了。

衰老的征候，常表现在一般高等动物，但在人类为特著。所谓征候乃是就体质精神二者而言。现在单论体质。在体质上最显著的，便是筋肉之硬化（Sclerosis）。雏鸟的肉与老鸡的肉的软度不同，这是由于结缔织（Connective tissue）之侵入，凡肝脏肾脏等都陷入于硬化状态；换句话说，一般器官的柔软组织都被消耗而为结缔织所侵占。这种现象最易看到的，便是动脉硬化（Arterial sclerosis）。所谓骨化（Ossification）的现象正与此同，而为软骨的硬化。老人挫骨之多，就正为此。但因何起硬化现象？这便是高等细胞衰退，结实织起而代之的缘故。例如脑，司知识感觉等的高等神经细胞衰退，而下等种类之细胞即脑之结缔织所谓神经质胶（Neurogloea）者起而代之；又肝脏亦由重大之肝脏细胞（Hepatic cell）而变为结缔织。总之，在老年时高等和下等两细胞常相争斗，而后者常胜利，因起衰老之象。但侵害高等细胞究出于何种作用？这便是由于一种蚀细胞（Phagocytes）。蚀细胞本有两种功用：当外部霉菌侵入时，蚀细胞即集中起而御防之，又当溢血之时，蚀细胞能吮血以疗伤，前者名小蚀细胞（Microphages），后者名大蚀细胞（Macrophages）。二者共形造白血球之一部，且动作敏捷而富于嗅觉，得识别外围物有害与否而严加防御，故在肉体上为极紧要之物；然同时即侵害高等细胞而做成结缔织——尤其是大蚀细胞为然，而成衰老之一大原因。这种事实由解剖老衰状态的动物，便知其然。但有许多学者以为衰老的原因，应该归到生殖细胞的衰弱，殊不知老人的生殖细胞也有很强健的，并且有时可以发现老人的卵子被蚀细胞侵害的事。由实验的结果，可以知道老人的脑髓乃被蚀神经细胞（Neuronophages）所侵害，老人的白发乃由蚀色素细胞（Chromophages）所侵害，老人的骨化现象乃由蚀骨细胞（Osteoclasts）所侵害。我们由此可以证明衰老的现象，乃起于病理的不自然，并非起于生理的必然。换句话说，衰老的现象是可以设法防御的而非由于命定。且所谓病理的不自然者，尚不止蚀细胞之侵害，更有起于酒精中毒及梅毒者，这由实验完全可以证明。所以耽于酒色的人，容易起衰老的现象。还有一绝大原因，便是大肠内霉菌的侵害，这不仅关系我们的衰老，并关系我们的生命。由屈士勃尔格（Strassburger）的研究，大肠内的霉菌，每日繁殖有一百二十八万亿之多，因为大肠内停贮排泄物很多，所以甚适于霉菌之发生。这种霉菌妨害我们的健康甚烈。大肠在我们身上，虽可以分泌黏液，润润固体的排泄物，但事实上没有大肠而能生存的人固往往而有。大肠在哺乳动物最发达，其故由于哺乳动物在营野生生活的时候，常为敌所追击而又有时追敌以自固，故必须敏速地运动；因为运动之迟速与生命有关，而敏速的运动又不便于遗矢，于是不得不暂时将排泄物停贮于体内，而大肠乃乘之而发达。鸟类在飞翔中得以从容遗矢，故无大肠之必要。爬虫类两栖类的动物，普通所谓冷血动物，食少而运动迟钝，故亦无大肠之必要。人类所以有此大肠，固显然为哺乳动物之后裔，但人类有特别发达的脑，所以不必如哺乳动物需要敏速的运动，而大肠在人体内因此亦非紧要之器官。大肠在生体中，既有如许妨碍，因此动物的寿数，亦伴之而生差别。鸟类比哺乳动物，大抵寿数较长；金丝雀、云雀一类的小鸟，活至二十年以上的，是常有的事，鹦鹉通例最短的年龄十五岁，长的年龄可达八十岁，鹰更可达百岁；但在哺乳动物便大异；马从十五岁到三十岁，羊不过十二三岁，犬不过十五岁，猫也不过十二三岁。若兔则到十岁，鼠到五六岁之时甚少。可知大肠的有无，与生命的长短大有关系。鸟类如果不能飞跃而必须营兽类的生活的时候，那就仍然要受这个法则的支配，而大肠特别发达，成了一个短命鸟；如走禽类的鸵鸟，就是一个显例，所以它的生命至长不过二十年。由解剖的结果可以知道它的大肠盲肠，受了霉菌绝大的侵害。但兽类中如果有营鸟类之生活的，那就它的生命转可以延长；如蝙蝠又是一个显例，所以它虽是个很小的动物，而年龄常可达到十五岁以上。由这些事实，我们可以知道大肠内的霉菌，也成为衰老状态的一个绝大原因。人类如果不为大肠所侵害，当比动物更可永年。故知人类的生命，非出于生理的必然，乃出于病理的不自然；既由于病理的不自然，我们固未尝不可以由科学促成生命走向生理的必然一条路上去。是则因为不自然的衰老而咒诅生命因而起厌世之念者，未免错看到人生的本然了。

上面已经讲到疾病衰老两种现象，现在再讲讲死亡的现象。死的问题原是人生问题当中一个极不容易解答的问题。有生必有死，这是人人都相信的。但下等动物便不如是。滴虫（Intsoris）和其他原虫，均由单纯的分离而繁殖，这种极微细的动物并无尸体。外司曼（Weismann，现一般译为魏斯曼）所谓"单细胞有机体之不死"，便指此而言。除单细胞动物之外，均有所谓个体之死。然由多细胞所组成之生物，固含有不死之细胞，即关于生殖之细胞，由女性的卵子与男性的精虫相媾和而得永远存续。虽它们的大部分，不免于一死，然它们的死，大抵是暴死（Violent death），而不是自然死（Natural death）。自然死是起于生理的必然，暴死乃起于病理的不自然。蜉蝣之死，是自然死的一个好例。蜉蝣生命极短，尽人皆知，然其幼虫固可延长至二三年，且能营极敏活的运动，唯羽化以后，则体甚虚弱，仅支持到一二小时即落水而死。这完全是由它们羽化后急于求异性而生殖作用已完结所致。它们不是因为没有食物而死，也不是因为环境不适于生活而死，乃是由于生命存续的机能已竭，不得不出于死一途。所以它们的死，没有病理的原因。如果检查它们的死体，既不见有所谓霉菌，更无蚀细胞侵害的痕迹；凡神经组织和筋肉及其他器官，皆与常态无异。是即所谓自然死。自然死的现象，极有注意的价值。自然死几乎可说是出于一种死的本能。

凡虫莫不拒捕，但蜉蝣虽具有长羽与锐眼而并不拒捕，反之，其幼虫则拒捕甚力；这是因为幼虫自己保存之念强，一成蜉蝣，则其本能渐失，几乎可以说死的本能渐渐代自己保存的本能而有之。人与蜉蝣，事实上正相反，蜉蝣多自然死，而人类多暴死。人类具有生殖细胞与高等细胞，不死的仅属生殖细胞，而高等细胞完全缺乏生殖能力，即高等细胞最富于自然死的可能性；人类虽是高等细胞最发达，宜乎容易达到自然死，而由蚀细胞之侵害与夫酒精中毒梅毒及大肠内之霉菌，暨其他的天灾人祸，所以每终于暴死，而不易达到自然死。换句话说，人类多死于病理的不自然，而非死于生理的必然。人类如果得与蜉蝣相同而遂其自然死，则对于死亦复何所恐怖？高龄之人，静待委化，真有视死如归的一种境界，尚何悲哀之足云？所以科学之力，贵在努力促进本然的人生。那就死的问题无形中也得了一个解决了。

以上是论科学与人类身体的关系的。科学对于人类的身体，是完全想造出一种"顺生涯"（Orthobiosis）。我们如果能随着这种"顺生涯"以死，乃是人生真正的幸福。所谓人生问题要到此时才有真正的人生产出。现在关于此点，不欲引长叙述，再换一个方向讲讲科学与人类行为的关系。

二、科学与人类的行为

我们的身体固无时不受科学的影响，若我们的行为，那便受科学的影响更大。实用主义者勒洛伊（Le Roy）至目科学为行为的规则之全体，那就可想见科学与行为相关之切。我们日常的行为，每每照着常识去行动，虽然也不会陷入错误，但到底不如科学之有系统有组织。譬如常识上说太阳出于东没于西，而科学上则谓地球自转太阳公转，二者虽同为真理，但究以后者为有组织，而便于统一的宇宙之说明。所以赫礣（Huxley）说"科学是已洗练已组织的常识"，可见科学与常识虽然相同而究有不同者在。但常识说太阳出于东没于西，若以为这是说太阳绕地球，而指为虚伪，那又错了。这里正好借斑卡勒（Poincare，现一般译为普恩加来）的话来说明。他说太阳绕地球，地球绕太阳，非孰为真理的问题，乃孰为便利的问题；如果假定太阳绕地球而一切天体运动，更可简单说明，那就科学者也只得径直采用此说而排弃其他。况且由相对性原理发现以后，知道绝对运动的认识为不可能，则地球绕太阳之说，亦不能不多少改变。所以科学的真理仅在组织一点与常识不同，并非常识以外别有所谓科学的体系。现在既论到行为，当然要注重养成一种有组织的习惯，所以需要科学更切。我们由科学可以得到几种特长，直接影响我们的行为，间接则影响我们的人生，现在分别讲述于后。

第一，对事物的热情科学是专对着事物加一种记述或说明的；我们时时刻刻与事物相接触，如果找不出一点意义，那又何能在行为上发生价值呢？科学便是叫我们在事物上找意义的一种法门，所以对于事物不能不另有一番热情；换句话说，无论对于何种事物，都要认他在我们的行为上能发生绝大的影响，不能当作毫不相关的。牛顿看见苹果落在地上，而想到万有引力的法则；马雅（Mayer）于1840年夏天在加哇（Java）行医的时候，看见患病者的静脉血呈鲜红色，就联想到热带地方的人比寒带地方的人，只须稍许酸化就能维持体温而静脉血下澄，因而大倡其热的机械说，更扩张到一般势力（Energy）说。这都是由于他们对一切事物另有一番热情所致。科学上的观察和实验，就由这种热情而产生。观察乃以一定的目的专注意到自然现象，实验乃以一定的目的由人为的方法使某种事情发生而后加以观察，前者在自然界观察自然现象，后者在实验室观察自然现象，虽方法略有不同，而其对于自然现象所具之热情则一。唯实验所费之努力，比观察所费之努力大。如关于人体病菌之研究，人类胎儿之研究等，不能直接研究那种实物，势不能不借他种动物以为替代。更有冒险实验自身以证明其学说的，如箕尔德（Siebold）以为寄生于豚牛等内脏的有一种寄生虫即与寄生于人体内之条虫之幼小者无异因欲证明此说非妄，遂大胆取寄生虫而食之，后果患条虫症。更有自身不能实验须借助于异代的，如哈威（Harvey）在1628年倡血液循环说，谓血液由心脏流入动脉系，由静脉系归于心脏，这由心脏之构造与机能等可以证明。但当时无显微镜，血液如何由动脉管流到静脉管，无从得知，于是他的学说，当他健在的时候，竟无人采用；直到1661年马尔比基（Malpighi）实验蛙的肺脏，发现一个透明的毛细管，血液由动脉流入静脉，遂把哈威说完全证明。总之，这都是对于事物热情流露的结果。我们如果本这种热情去行动，不仅对于事物能够考察真相，并且处人接世，也不至陷于疏忽。这是科学给我们第一个好影响。

第二，研究的态度。研究起于怀疑，怀疑由于不武断、不盲从、不迷信，所以用研究的态度考察事实，可以省掉好些毛病。我们的行为，如果由研究的态度去决定，不唯可以减少错误，而且可以成形一种创造的功能。研究必根据于事实，这是大家都知道的，但事实有此时或此地搜集不到的，这就不能不借助于假说。假说乃用一种假定的解决法，以对付那些观察不到的事实；如果将来事实可以证明时，那就将假说纳入于法则，如果事实终久不能证明时，也就只好进一步再立一个新假说。所谓研究的态度，便是对付一种事实尚未完了的态度，所以处处要靠假说做帮助。譬如物理学上的命题，假如没有假说去支持，那简直无法处置。像以太、势力、电子等，任你用何种精密的显微镜，都不能观察，所以这时除用假说以外，再无法研究下去。假说并不是偶然而起的，乃是起于不得不然。一面不可与他种法则相抵触，一面要进一步与他种法则相联结。物理的作用，不能传导无媒质的虚空；然远星的光何以能费数百年的工夫达到地球？光从它的光源出发直照着地球，这些时候它究竟靠着什么东西旅行到地球？在这个处所就不能不提出充满宇宙的以太的假说。然以太非吾人所得而经验者，如认为可经验则是与空气等，而与物理学上的定律相抵触，故须认以太为具有非物质的性质者。又以太亦适用于传导，由以太而光热电气以及其他现象，皆适用因果的说明，故又得与他种法则相联结。这便是假说的显例。

假说的模范例，尤莫过于几何学；几何学之第一原理从何而来？此为几何学上绝大之难题。盖彼既非从经验而生，亦非由论理所与，于是欧几里几何学之外，别有所谓非欧几里几何学之成立。这正是假说之所由产生。本来假说成立是极不容易的，假说虽无真伪之别，然自不无优劣之殊。假说不许有两个以上之并存，故无真伪之别，然假说固递相交代，如有机体之不断地发育，旧假说常包含于新假说之中，故仍有优劣之殊。弗烈讷尔（Fresnel，现一般译为菲涅耳）以光为以太之运动，其后马克思威尔（Maxwell，现一般译为麦克斯韦）由电磁作用的研究，以光为含有电磁作用之流体，故马克思威尔之假说比菲涅耳为优。又牛顿重力法则，并没有顾到歪斜（Distortion），而最近爱因斯坦新重力法则，却包括这种歪斜，故爱因斯坦之假说比牛顿为优。可见假说的成立是很不容易的。假说虽可由穷思苦索而得，或由特殊事实归纳而得，或由既存之结论演绎而得，然均不敌想象力之锐入。以太之假说，完全是想象力的产品，这种假说在 1682 年始由英国物理学者胡克（Hooke）所暗示，在 1690 年乃由荷兰物理学者哈根士（Huygens）所完成。由这种假说，得知宇宙充满媒质，得知此物能通过任何物体，得知此物以莫大的速力向各方向传达一种波动，这非绝大的想象力安能得此。势力不灭的假说亦然。势力不灭则，由迈尔开其端绪。势力由其运动样式，发而为热，为光，为电气，为引力；灯火熄灭，石落地上，似均是一种静止，不见有何种势力，然其实势力并未消失，不过样式变化而已。故宇宙间势力的总量不增不减，仅由运动样式的变化而一切现象遂由之而产生。这种假说，非绝大之想象力而何？由是推论，假说与想象力相伴而生，而假说乃完全是出于一种研究的态度，故亦可说研究与想象力相伴而生。我们如果用研究的态度决定行为，那想象力必可以从旁辅导行为不少，于是行为借此形成一种创造的功能。所以我们无论对付何种事实，总要牢记着这种研究的态度，这是科学给我们第二个好影响。

第三，论证的精神。我们既本着研究的态度对付事实，便要进一步本着论证的精神决定事实。假说的优劣是要由这种精神才能决定的。讲到行为那更要靠这种精神做基础。所谓实事而求其是。科学是以普遍的法则之构成为目的的，欲达这种目的，不能不依从一定的论证法。而论证法最通用的大约不出三种：第一，由特殊到特殊，是为类推法（Analogical reasoning）；第二，由特殊到一般，是为归纳法（Inductive reasoning）；第三，由一般到特殊，是为演绎法（Deductive reasoning）。先就类推法言之。甲物体有重量，乙物体有重量，故丙物体有重量，这是类推法的一个法式。地质学者当研究地球生成历史的时候，由现时的现象得推究到数百万年前的现象；达尔文观察饲鸠的变种，得推究到种的起源，这都是类推法的好例。类推法在科学上是一个用途最广的论证法，不过仅仅靠这种方法尚不易找到真理，因为现时的事情与往古的事情不必相同，所以又要靠别种论证法起来弥补这个缺憾。再就归纳法言之。归纳法是培根倡导的，与亚里士多德的演绎法相对称因名为 Novurn Organum。它的法式是甲物体有重量，乙物体有重量，所以一切物体都有重量。这种论证法，最适于自然科学的研究。近世科学之发达，受这种论证法的恩惠不浅。加里略（Galilei，现一般译为伽利略）测定物体落下之距离与其所需之时间，而发现距离等于所需时间之二乘一个原理，譬如一个物体落下，一秒间约落到十六尺的距离，那就二秒间落到六十四尺，三秒间落到百四十四尺，四秒间落到二百五十六尺，由此类推，这正是归纳法的一个好例。由归纳法所达到的原理，也不能完全靠住，因为它只达到盖然的地步，所以也须他种论证法补正。更就演绎法言之。演绎法也称三段论法（Sylogism）。它的法式是一切物体有重量，所以甲物体有重量（分析言之，甲为物体，故甲有重量）。法则由这种论证法始成为普遍的必然的法则，所以真理是绝对无条件的。但演绎仍须从经验出发，换句话说，仍须从归纳法得到前提，因为前提确实结论才确实；如果在经验科学里面，想由超经验的大前提得到确实的结论，那是不可能的。亚里士多德就犯了这个毛病。他说星永远存在，故其运动亦为永远之运动。然唯一的永远运动为圆运动，故星为圆运动而环绕地球。这便是由前提不确实所生的谬误。如果把前提订正，令前提常从经验出发，那就这些毛病一概免去了。海王星的发现，彗星通过与日月食的预言，都是这种订正的演绎法的厚赐。爱因斯坦以为星光达到地球，当通过太阳附近时，由引力而成 1.75 秒角度之屈曲，他这种推论，由 1919 年日食之时索布拉尔（Sobral）和普林锡普（Princepe）两处观测队而证实（索布拉尔观测队所报告的为 1.98 秒，普林锡普观测队所报告的为1.62秒，与爱因斯坦所论证明差极微）。这更是订正的演绎法的好例。爱因斯坦如果从超经验的思考去推论，又安能获到这种成绩。所以凯士（Case）说，一切推理由经验而超越经验，斑卡勒说，一切科学纯由经验出发，杜威说，思想起于事实而终于事实。可见论证方法，无论为类推法演绎法，都要把事实做根据，结果才能决定事实。我们有了这种尊重事实的精神，那就无论放在哪种行为上，都不致发生谬误。这是科学给我们第三个好影响。

第四，规则的习惯。科学是专以构成普遍的法则为目的，上面已经说过。我们由它那种尊重法则的精神，可以无形中养成一种规则的习惯。我们的行为如果没有一种规则，不仅不能发生效果，抑且害及行为本身。伦理学大抵是讨论行为的；所以称为轨范科学者，就因为行为与轨范实有不可离的关系。行为为轨范之母，而轨范又为行为之母。科学的轨范比伦理学的轨范更为严格的，所以又可称科学为轨范的轨范。科学的轨范便是法则。法则是表认识对象之普遍的必然的关系的，不仅支配已经验的事实，并支配未曾经验的认识。换句话说，法则的效力，可以超越经验的范围而维持它的普遍性必然性。唯法则之起源不能不本于特殊的经验；由特殊的经验引出普遍的法则所谓归纳法者，上面已经论及；但法则之归纳是否可能？穆勒约翰才把归纳的根据放在"自然之同一"（Uniformity of Nature）上面。这便是法则成立的根据。譬如化学上只有八十个原子，如果说化学上已经有了八万个原子，那就化学不能成立；又如一切天体，都有一定的引力，如果说有些没有引力，有些有二倍或三倍的引力，那就物理学不能成立；又如人类的骨骼皆相同，如果说人类的骨骼彼此部位互异，那就各种生理作用无从辨别，而一切解剖学、生理学、医学等都可以不谈。可知自然之同一，是随处可以反证的。尚有一种可以证明自然之同一的，便是天体。故斑卡勒以为宇宙间可以暗示法则之存在者莫过于星学。散在天空的星群看似无秩序、无条理，实则它们都有一定的位置，仿佛像已经训练过的军队，只是训练的规则，无从得知。自希拔可（Hipparch）、普脱勒麦士（Ptolemaios）、哥白尼（Copernicus）、克普勒（Kepler）诸人产生以后，才慢慢地知道，到了牛顿更把内容敷说一番，于是我们才恍然天体的组织。可见自然界的现象，没有不立于同一的基础上面（"自然之同一"这个原理，尚有不圆满的地方，可惜此处不便详说）。科学既已本着这个基础建立各种法则，所以对于我们的行为上，益发有一种拘束的根据。我们不知不觉地受了它那种拘束，就渐渐地成了一种规则的习惯。这是科学给我们第四个好影响。

　　由上面所述四项看来，可知科学与行为相关最切。我们无论对付何种事实，如果先有了对事物的热情，那就我和事物的关系可以明白，是为第一步；如果再本着研究的态度，那就事物和事物的关系可以明白，是为第二步；如果更出以论证的精神，那就事物本身的法则可以明白，是为第三步，这第三步功夫已经做到，于是进一步把行为和法则联结起来，以养成一种规则的习惯，是为第四步。这四步功夫具备，那就不仅是表现在我们的行为上，就是我们的人生，也要受一种绝大的影响。讲到人生，是比较地要注重精神方面，所以现在论科学与人类的精神。

三、科学与人类的精神

讲到行为就和精神发生密切关系，甚至于可以说精神就是行为；譬如行为派心理学并不承认行为之外别有所谓精神之存在。但这是一偏之论，在它求主张之彻底，自不能不推论到一切精神现象都是发于行为，当然别有一番见解；然事实上究竟行为之外，有无精神存在，以伦理学上之语表之，究竟效果说之外，能否容许动机说存在，这却非简单篇章可以论定。行为派心理学不认有精神，进一步言之，精神就是行为，它这种偏激的主张，有许多人只许为行为学；谓当立于心理学范围之外，而心理学仍然是要论到精神上面，并且精神就是心理学上的主题。所以关于这种讨论，不是片言可了的。我是主张精神存在旗帜最鲜明的一个人，其存在的理由当另划出一个题目去讲明，现在只论到科学与人类精神的关系。科学是以建立普遍的必然的法则为本质的，上面已经论过。唯其如此，所以它没有什么价值的计较；就对于人类，它也要用科学上一般因果的法则，去说明它的行动，并没顾到它是一个生物，是有"价值的个性"的。换句话讲，科学对于人类，也把它当作物体，可以分析或综合到物理学化学的现象的。但这种精神，虽然是很贯彻，却不免抹杀人类的特性；于是有一种倾向发生，以为非把人类假定有一种特别生物：活力或本能、冲动等不可，根据这种假定，再用科学的方法去说明，那就仍可使人类普遍化、法则化。如生气论的生物学、生理的心理学等，都是属于这种倾向。但这些科学，完全不能编入纯粹的自然科学里面，因为它于机械的因果法则以外别承认有一种原理，所以它的法则，也不像自然科学的法则，要求绝对的必然性。这些科学要另作一种区划。究竟应属于何种科学，因现在的基础方法，尚无定说，所以还不能决定。唯其精神乃完全以自然科学的精神为精神。自然科学者大抵说人类的精神可以完全由自然科学的方法去支配，由支配的法则可以决定人生之目的。这便是自然科学的人生观。主张此说的，称为自然主义。自然主义在一方面言之，当然很可推许；因为在宗教的教权支配之下，一般人只信超自然的神的启示，却忘却了自然的要素，至自然主义出，而这种尊崇启示的心理始打破；但在又一方面言之，却又不无过失；因为它只顾因果法则的说明，却未顾到经验界的事实。经验世界现象的继起，只是一种现象继起的事实，在两个现象继起之时，习惯上认为是因果关系，实则这种因果关系绝不是经验之物。马哈（Maeh，现一般译为马赫）谓因果不过是为表感觉的函数关系，由思考经济之目的而产生；基尔霍夫（Kirchhoff）否认运动原因为力，谓力并不能经验；力学当排去力的概念，仅记述经验的运动已足。这都是反对因果法则的因果观念的，所排斥的在因果；至于因果法则的说明，以其专重在说明，尤为许多学者所排斥。譬如苹果何故落下，我们可想到许多事实作答：一、由苹果熟而落下；二、由风吹而落下；三、由无物支持而落下。这三样解答，都是记述两种现象之继起，都是经验界可有的事实；而牛顿必推定为地球之引力者，以引力才能充分说明法则之必然性也，以引力才能充分说明天体相维相系之理由也。这样看来，苹果落下，固不一定是由于引力。其所以必推为引力者，完全为说明之便。所以自然主义的主张，亦未有是处。由此推论，由科学而欲支配到人类的精神，事实上当然更可以处处发现漏例。当于后方讲明。

把科学做大本营的自然主义，既已未能自圆其说，于是又有一种把人类的精神做大本营的实用主义，乘之而起。这派的主张，以为科学的精神，并不能支配人类，而人类的精神，却可以支配科学。科学的价值，以指导生活之经济的目的而定，科学的真理，以满足要求之实行的效果而得。于是科学的真理，可以因时因地而变迁，甲时代的真理，不必为乙时代的真理，甲地的真理，不必为乙地的真理；而科学的价值，也因时与地而有不同。一切以人类的精神为准则，故人类为一切的尺度。此种主张，虽然是二十世纪科学上的一种新贡献，却是和自然主义一样的不符事实。因为人类的精神，虽可以支配科学上的法则一部分，却未必能支配全部分。算学上的四舍五取，虽是为人类的便利而设，却并不能算作真理；圆周率以 3.1416 计算，虽也是为人类的便利而设，然实际上原为 3.141592……不尽之数。所以实用主义不能概括客观的事实和自然自主不能概括的事实正同。实用主义欲以人类的精神支配一切，就其支配欲言之，也可说是一种自然主义。这是实用主义的过失。这两种主义，都未能圆满说明，于是不得不谋调剂二者之失，以求发现真理的究竟。请更端论之。

自然主义与实用主义之失，都源于欲以一种精神支配一切，殊不知科学不能支配人类的精神，与人类的精神不能支配科学正等。真理绝非一种主义所能垄断，不过在某种主义所含真理之成分有不同。自然主义着眼在真理的体系上，实用主义着眼在真理的过程上，各欲执一端以概其余，故均未能免于过失。真理之为物，乃一面发挥自身之实际的价值，一面组成自身之理论的体系，换句话说，一面含有利用价值（ntitzlichkeitswert），一面复含有理想价值（idealwelt）。故一面对自然的事实，可以承认其受因果法则的支配，一面对人类的活动可以承认其出于意志之自由。承认人类意志之自由，并非与破坏因果法则同意。如果说意志自由即便是破坏因果法则，则由自然科学的立脚点以观察人类，当全然不可能。此种主张，由今日生理学心理学之成立，事实上已被否认。唯一面承认因果法则，一面复承认意志自由者，因为因果法则，仅为前件后件之必然的伴随，而人类精神，则原具有自发性。故经验自然界同一的事实，不必其对于精神上之意义相同，即同一前件不必伴有同一之后件。故欲以因果的关系尽行规定人类之活动，实不可能。这便由于人类富有自发性之故。所谓自发性，质言之即个性。在有个性的人类，虽同一对象的经验，而其对于精神之价值的意义并不一致，故反映的方法亦不同。心理学建立一般的法则，仅在一个极小的范围内，即从自然现象方便观察各种经验为同一的范围内，但并不能管束到真的精神活动所谓个性。此个性乃为成立精神的本质之意志活动，不受任何因果之拘束，故富有自由性。这并非在自然界里面的一个偶然，乃是立于自然界之外。故心理学就令用法则的方式记述各种活动，但也不过是取比较的类似的所谓类型之发现，而绝不能成为自然法则。并且用这种方法的心理学，已属不是自然科学的范围。由是以谈，属于自然范围之身体的活动，固不能脱自然法则之支配；又意志之决定，多少受过去经验之支配，固然也是一种事实，但绝不能否定根本的自由意志。至此自然主义的真理观与实用主义的真理观，乃不得不谋一调和。即真理的体系，成立于真理的过程，而真理的过程，乃正组成真理的体系。科学由人类精神的启发而根底益坚强，人类精神由科学的诱导而范围愈扩大。于是利用价值之中，即含有理想价值，理想价值之中，亦即含有利用价值。这段道理，颇不易发挥，今日时间有限，容当专题讲明。

　　以上三段讲竟，兄弟对于科学虽极富兴趣，而研究太少，所以对于此题，未能愉快发挥。盼望将来有机会再以未尽之义向诸君陈说，一面盼望诸君加入讨论或批评。

尼采思想与吾人之生活[1]

兄弟去国恰好八年了，今日得和诸君一堂聚首，真是说不尽的心中愉乐。此次邀罗素先生一同到湖南，我想罗素先生一定有许多好教训，使诸君知识上得个满足。若兄弟此次回湘，不过与在乡父老兄弟姊妹，谈一谈别后的感想；至论到讲学，实在惭愧得很。今日兄弟所讲的题目，是《尼采思想与吾人之生活》。因为尼采现在受一般人的攻击，但我以为尼采的思想，倒很可以救我们中国人许多的毛病，所以提先讲演。我还有许多别的感想，这几日内陆陆续续发表出来，和诸君商量商量。

我国自五四运动以来，学术界骤生了长足的进步，凡杜威、詹姆士、柏格森、倭伊铿一班人的学说，都有人出来介绍；独尼采的学说，没有一个人敢提一字，这也可怪。因为谈及尼采的学说，不仅是全国人反对，即全世界也必反对。但我个人觉得他的学说，在学术界实在占有重要的地位，便大胆在《民铎》杂志上出了一期"尼采号"。今

---

[1] 本文是李石岑在湖南省教育会的演讲。

日所讲的，泰半取材于此。

尼采（Nietzsche）何以成为世界的公敌呢？因为他倡"力"的哲学，"战"的哲学。所以大家都拿前回欧战的罪恶归咎他，非难他。好像没有尼采，欧战就不会发生似的。关于这种非难，我记得杜威曾著了一部书，叫作《德意志哲学与政治》。他把欧战的原因归咎于康德的理性论。后来费希特（Fichte）、黑格尔（Hegel）等，都本康德的意旨，发为"国家无上命令"说，谓国家对于个人有绝对权，我们只以从属国家为第一本务。德国人受了这种国家绝对说的鼓吹，所以只要能把德国弄到最高的地位，就是与世界宣战，亦所不惜。这样看来，可知欧洲战争，完全是受了康德一派学说的影响，与尼采学说究有什么相干。

尼采不特不任受一般人的非难，反而要招一般人的崇拜。就是他所倡"力"的哲学，有许多是和现代思潮相发明的。席黎（Thilly）著了一部哲学史，把尼采列于詹姆士和杜威之次，称为实用派的健将。意大利人亚里倭达（Aliotta）也说尼采和柏格森、席勒一流的学说相合。即此可知尼采在学术界的位置了。

以上不是本题的话，不过把尼采学说的真相，略为表明，现在和大家讨论本题。

我们的生活，实在是很平凡的，我们的幸福，实在是很浅薄的。我们把过去的事，回头想想，就可以知道。今年如此，明年也如此，再过几年也是如此。我们个人生活平凡，一国生活也平凡，到底是什么缘故呢？就是因为我们没有创造的精神，没有改造生活的宏愿。我们要想有创造精神,有改造宏愿,不可不找那与改造生活有关系的学说,加以研究。

尼采的思想,便是教我们改造生活最有力的。他的思想,原出于叔本华(Schopenhauer)的生活意志论。叔本华以为世界之本体,便是意志。我们心中所映出来的事物状态,便是意志之表现。意志没有理性,没有目的,只是一意求存在、求生活之一种努力。这种努力,不限于生物,便是水之流动,星之运转,都莫不是这种努力之表现。你看一个人壮年的时候,固属怕死,便是老态龙钟,他还只怕一朝气接不上,忽然一病,与世长辞。这可见生活意志,实在是人的本质。但意志既为一种努力,而努力乃是由于有所不满足,时时感受不满足,便成痛苦。我们的努力,既得不到终极之满足,那我们一生,岂不是终究脱不了痛苦。这样看来,世界是一个苦海,所谓快乐,都不过是忘却痛苦的时候,偶然有这种感觉而已。所以我们想免掉终生的痛苦,只有否定意志,超越现世,除此再没有别法可设。这是叔本华生活意志论的大略。

尼采受了叔本华的影响,于是由他的生活意志论,进而组织他的权力意志论。叔本华否定生活,尼采乃进一步肯定生活。譬如叔本华觉得我们的努力,既属无意识无目的便无终极之满足,那我们的生活,便终久免不了痛苦。尼采不然,尼采以为我们无终极之满足,正足以使我们不得不有无止境的奋斗。我们生活的后面,便是奋斗,换句话说,便是权力意志。所以叔本华生活意志论的思想,到尼采手中,便成为一种权力意志论。譬如叔本华说我们的生活，横竖是没意思，不如消极自杀的好；尼采便说，你觉得自杀是消极，在我看来，自杀也是积极的意志之表现，也即是权力意志之表现。因为非具有最大的意志的人，不会肯干自杀的事。

尼采的"权力意志"怎么解呢？他说：人是有潜伏力的，这力就是生生不已自强不息的一种活势力。人有这种力，所以理性智慧等才能发生。这力的功用有两种：一种是"征服环境"，一种是"创造环境"。人被环境征服，所以生活无趣味，要想生活高尚，就要征服环境，进一步就要创造环境。所以我们如要打破习惯，改造社会，就靠这种力，就靠这"权力意志"。

尼采又受达尔文进化论的影响，提倡超人论。但他所倡的"超人"，并不是跟着进化论所说由虫类进化到鱼类，由鱼类进化到两栖类，由两栖类进化到哺乳类，由哺乳类进化到猿猴类，由猿猴类进化到类人猿，由类人猿进化到人类的那种进化，另外有一种超越人类之特殊动物出现，这点大家不要误会。他所倡的"超人"的意思，就只不过是一种"距离之感"罢了。人能发展这"距离之感"，就是超人。譬如二十世纪的人回头看十五六世纪的人，文明人看野蛮人，都不免有一种距离之感，不过不像超人那样发达罢了。

现在把达尔文的进化论和尼采的超人论比较比较。进化论的原理，可分几项来说：一、生存竞争；二、适者生存；三、自然淘汰。尼采对这几种都持反对的态度。他对于生存竞争之说，以为人若只为生存而竞争，殊属毫无意味。人当于生存竞争外，进而为生存以上之权力竞争。我们生活之理想的开展，乃在不断之征服和创造；那征服和创造，便不能不靠这权力。所以权力比生存，还竞争得有价值。他批评适者生存，也说他有错误。适者生存，原是强者征服弱者的意思。然而有时强者与强者相争，反被弱者所乘，反被弱者征服。并且强者未必适于生存，弱者未必不适于生存，如学问好的人，有时反不适于生存，罗素就是一个好例。他在英，不但不为英政府所优待，且反被英政府所监禁，社会一般人也觉得他怪物似的，不多给他以援助。我们中国有句古话"白璧不可为，容容多后福"，可见强者得不到幸福，弱者转可多得幸福了。自然淘汰说，他也认为有错误。自然淘汰，是适应环境的意思；照这样说，环境便是转移我们的，那就未免看重了外部的影响，而忽略了内部的潜势力。我们自己本身，常有日进不已的欲求，生物的生殖，就是创造之欲求的一种表现。可见我们的内部，是对于进化最有力量的。我们的生活，所以很平凡的缘故，就因为太没有把内部的力量表现出来。换句话说，就是只晓得适应环境，而不晓得征服环境和创造环境。所以我们的生活，也不容易向上了。

习麦尔（Simmel，现一般译为齐美尔）批评达尔文、斯宾塞尔、尼采、柏格森各家的进化说。以为达尔文、斯宾塞尔二人的进化说，不过是机械的说明，无甚意思。柏格森的进化说，虽较为进步，但他不免把目的看作终止，仍有不能自圆其说的地方。只有尼采的进化说，真正透辟极了。他把目的看作进行，他说目的只不过是长途的一段一段。所以有些人说，达尔文的进化说，是为生命保存而进化，尼采的进化说，是为进化而进化。要像尼采这样的说法，才不失进化的真意义了。

生物学家以为生物为生殖才有营养，为繁荣才有生殖。但为什么缘故求繁荣，就难得说明了。这就不能不借重尼采的说法。尼采以为生物所以生殖所以繁荣，都是由于我们有一种"生活力"。用这种"生活力"去说明，就处处都能自圆其说了。所以尼采的思想，只可用内部的生活力去解释，不可用生物学家的眼光去说明。这就是尼采与达尔文根本的异点所在。

尼采看得最重的，便是本能说。诸位要知道，本能说是近来思想家提倡最力的。柏格森的哲学，完全以本能做他的骨子，和尼采的见地相同。不过柏格森说本能是变化的，持续的；尼采说本能是征服环境，创造环境的，其用力有不同罢了。本能要使用才能发达，不用便渐渐失其功能。昆虫的本能，是比人类发达多了。这也是由于使用它的机会多。我们固有的本能，不知道常常使用，所以终于甘心降伏在环境里，这也是提倡改造生活的人，不可不知道的。

我们想真正改造我们的生活，更不可不重视尼采的实用主义。尼采的实用主义比詹姆士的更彻底。他立了一个新价值表。新价值表是对于从前的宗教、道德、哲学、艺术所表现的价值，通同给他破坏。另立一个新价值，叫作一切价值之变形（Umwertung aller Werte）。价值以"地"与"时"而定。譬如刍豆，羊认为有价值，狮子则不认为有价值。又譬如兔子，狮子认为有价值，而羊又不认为有价值。可见得羊认为善的，狮子不认为善，狮子认为善的，羊又不认为善。推而言之，人类认为善的，动物不认为善，文明人认为善的，野蛮人不认为善，此国人认为善的，他国人不认为善，这时候认为善的，那时候又不认为善，所以善恶没有一定，推之真理也没有一定，所以各种宗教、道德、艺术、哲学所表现的价值，都要随时修改的。这样看来，我们的生活又安能不时时改造。所以尼采的实用主义，却于我们生活的改造有莫大的关系。尼采以为我们的生活高尚不高尚，就是我们人类尊贵不尊贵的一个标准。但是人类尊贵不尊贵，不是由外面的规定看出来的，是由内面的性质去观察的。尼采以为于今高倡的平民主义是有毛病。因为平民主义只看重外面的规定，却没有留心到内面的性质。要知道我们对于外面的各种规定，虽主张"平等"，但是内面的性质，我们却反要主张"阶级"才是。因为我们做赤裸裸的活动的时候，总要有一种阶级的意味伏在里面。我们想求"征服"和"创造"的不断进化，那更非"阶级"不可。倘若我们人类是本质的平等，那就"进化"这一宗事，一辈子办不到了。尼采以为流动和生成，当然弄到不平等，不平等在强弱的意味，便成了阶级。这样看来，我们不断地进化，乃是无数阶级的表现。尼采发挥"阶级"二字，无异于发挥"人格"二字。因为人格是全凭内面的努力，才能办得到的。

尼采所说的阶级，便是努力。换句话说，便是竞争的意思。我们的人生，无时无刻不在竞争场里讨生活。克鲁泡多金倡《互助说》，诸位要知道，"互助"也要把"竞争"做骨子,互助才行得通,不然,互助不过是一个好听的名词罢了。讲互助的人,都是能互竞的人,不是互竞的人来讲互助,便是跛足的互助,那互助绝行不久长。所以我们要时时有内部的竞争,换句话说,时时有内部的阶级,那我们的人格才得高尚,我们的生活,才不会粘固,才能活动,才能向上。

尼采主张超人论也是由阶级的意味发出。所以把他的学说推论到极处,便主张锄弱留强。他这种议论,虽不免有点过火,但为发挥他"力"的哲学起见,不得不如是。这点我们要原谅他。若学说主张到中途,便讲调和,那便是主张不彻底了。

他一生无论发什么议论,最厌恶讲调和讲妥协的。因为调和妥协,究其实得不到真理。

他一生最反对基督教。因为基督教喜欢说博爱。"博爱"二字莫说是靠不住的,就令靠得住,也只足养成人类的惰性。因为博爱最重怜悯,而怜悯实足以减杀我们的力量,其结果不过教我们一个一个地堕落罢了。

他一生不看重天,只看重地。因为天是虚渺的,地是着实的。他又不信灵,只信肉。因为灵是摸不着的,肉是摸得着的。把他的学说合拢来看,无非是处处发挥他"力"的哲学,权力意志之哲学。我们陡然听到他的学说,必不免有些奇怪。但是平心静气,一毫不带过去的着色眼镜去细按起来,也未始不含真理;况且他求他学说的一致,自然不得不主张到这种地步。他的学说,原是想冲撞我们日常不变的生活的,那更无怪乎他的学说含有兴奋剂了。

青年与我[1]

"我"是什么？手吗，足吗，头吗，心吗，诸君思之，究何所指？孩提之童，尚不知什么为我，及与事物接触，方能逐渐明了。如用手触灯，灯灼手痛，然后知灯所灼者是我的手；推而至于足，至于头，至于皮肤，而后方知全身皆是我的身。更进一步想，我不仅专属本身，即附于本身的衣服，也都认为我；又不仅附于本身的衣服，即贴近我身旁的父母兄弟姊妹推而至于亲戚朋友，也莫不认为我。于是"我"的界限渐渐地扩大。这处正好借美国心理学家詹姆士（James）的"主""客我"来说明。詹姆士论"客我"有三种：一、物质的客我。物质的客我居于首位的，当然是身体，次之便是衣服。古谚有云"人类为精神、身体、衣服三者之结合物"，这句话虽近谐谑，却自有真理。我们对于衣服最感亲密，并有时把衣服和身体一样看待。譬如终生着褴褛不洁之衣，即忘其貌之美，终生着清洁美丽之衣，即忘其貌之丑，这便是明证。再次之便是家族，

---

[1] 本文是李石岑在镇江第六中学及醴陵县教育会的演讲。

因为父母妻子，都是和我骨肉相通的，所以他们的死亡，觉得就是客我一部分的损失，他们的恶行，觉得就是我本身的耻辱。再次之便是家屋，家屋为我们生活的一部分，因为可以保护我自身和家族，所以很有一种亲密的情感。尚有一种和家屋相同的便是财产的储蓄。财产虽是加入客我的范围，却不一定都生亲密之感。但论到亲密便又有时比任何物更加亲密的。如昆虫学者冒风雨所采集的昆虫标本而遭破坏，或如历史学家经长年月从古书中所摘录的笔记而被火灾，都不免要生一种伤感，且有因而堕落的，更有因而自杀的，可见这种客我，亦不可忽视。二、社会的客我。社会的客我是起于一种同类意识。我们人类不仅是相集合而群居，并常有想望别的同类对自己加一种注意的性质。譬如我在稠人广众之中，无一人睬我，我发言无一人听我，我做事无一人信我，你看这时是何等的不幸，何等的失望，这便是社会的客我受了损失。社会人众有贵贱尊卑男女老少之不同，因此社会的客我亦有不同，各人对于客我之感情，也因客我阶级之异而异。社会客我中有足惹起我特别注意的，那就对他不免要发生特别感情。名誉不名誉等，都属于社会的客我。譬如法律家因虎列拉之流行，可以避居他所，但医生如果因流行病远避，就有点不名誉。医生因战线扩大可以避匿，但军人如果因战事避匿，就有点不名誉。在个人虽爱汝，然在官却不能赦汝；以政治家论，你虽是我的同党，但以道德家论，你却是我一个仇敌。这就因为有社会的客我存在。所以同职制裁，在人类生活中占有大势力。盗可盗物，而不盗盗物；博徒虽穷，而不负赌债，这就是为着社会客我的关系。推而言之，社会间时时刻刻有一种社会的客我存在，一觉悟便不肯放任，可见关系也是很大的。三、精神的客我。精神的客我，不是说各瞬间的意识经过状态的一二种，乃是合意识的诸状态，心的性能，心的倾向全体而言。这种集合的全体，无论何时，都可为思想的对象，和别的客我一样地可以唤起亲密的情感。譬如以我自己为思想主，那就别的客我，都比这思想主的客我要觉得疏远。但精神的客我里面，有种种不同的部分，那就它所唤起的情感，也因种类不同而生差别？譬如感觉性能比情绪欲望就觉得疏远，知的作用比有意的决断就觉得疏远。总之，意识的状态，愈为活动的，就愈接近精神的客我之中心。而立于正中以成客我之中轴者，乃是"活动之感"。具此"活动之感"的意识状态，别有一种内的性质，就是想和别的经验事实碰着而自发的涌现之性质。这便是詹姆士所说的精神的客我。总上面所述的三种，无论为物质的，社会的，精神的，都是客我，非主我。什么是主我？就詹姆士所示，主我即是思想主。客我是"所意识的"，而主我是"能意识的"。詹姆士剖析自我为主客我，又剖析客我为三种客我，都富有卓识，可惜他对于"主我"并没有十分说明。他对于那些把"主我"当作恒久的实在者，或当作超绝的自我，或当作灵魂，或当作精灵的，都存而不论，只认定这种主我的研究是个很难的问题，所以关于自我的修养，终于不易叫我们得到什么启示。此外像温特（Wundt）、敏斯特堡、斯道特（Stout）诸人，虽是对于自我的观念，发挥得很多，却是一样地不能叫我们得到什么启示，且所发挥的转不如詹姆士所说的亲切有味。现在我想就詹姆士所说的进一步讨究，并参以瞽说，以说明这种主我，然后讲到修养上面。我以为詹姆士所说的精神的客我里面，就可以找到主我。因为精神的客我，既是就意识的诸状态，心的性能，心的倾向之全体而言，而所谓客我之中轴，又是一种"活动之感"，那么，活动本身，究是何物？活动如何产生？追问到此处，主我就出来了。活动便是一种意志，宇宙就是这种意志的发现，我们人类便以表现这种意志为职能，主我就是能充分表现意志的东西。由意志的动向，发而为意识的诸状态，以成精神的客我。客我由意志所产生，而主我足以充分表现意志，所以主我可转移客我。譬如精神的客我是一种知的作用，而我可以用意志决定之，于是主我无时不具有发动力。既认定主我是属于意志方面的东西，那就好进一步讲到修养的方法。所谓主我，便是真我。孔子曰"三十而立"，便是孔子的"我立"，这个"我立"，就是孔子的"真我"。青年要立定脚跟，求各人的真我所在，要知宇宙间一切震耀耳目的事业，都是从真我得来的。现在将真我修养的方法，说个大概；非敢说有所箴劝，不过就我个人的所信陈述一二而已。

一、剑气。剑气也可叫作"大意力"。大意力是意志里面一种潜在的性能，非经强度的锻炼即不易发现。如当冬天的时候，裸体跣足，鹄立于雪上，必不胜其寒，倘使疾行数里，自然各部分都能发热，以御寒冷，不仅不畏寒，且将有怯热之势。又如习拳术，我们都知道由熟练而能发生一种特殊的势力，由熟练的结果，虽是一个小小的指头，都不难凿穿一扇墙壁，这种事也是常有的。这都是出于一种强度的锻炼。但亦可得之于偶然，如骤遇猛虎，便可越河，忽闻火警，即能高跃，虽在绝险，亦所不避，卒亦不致受何种伤损，这都是大意力的表现。我们用功夫，要时时如在冰雪之上，时时如立危墙之下，以锻炼这种大意力。我今年游泰山，曾发生一种特别的感想，便是大意力之养成。我觉得泰山的雄壮伟大，都可以说是大意力的象征。"经石峪"书法雄厚，"舍身岩"危峦峭壁大有天地一吾庐之概。孔子虽天纵大圣，但当日由泰山所给他伟大的暗示一定不少，所以他说"登泰山而小天下"。我深愿诸君无论读书治事，须本此大意力，始终无间，则小之可以谋个人功业的成就，大之可以谋人类全体的升进和强烈。诸君读书之外，尤当注重游览，譬如泰山这种名胜，最好诸君能够有机会做一次远足旅行，那就诸君更易领取我区区提倡"大意力之养成"的本意了。

二、奇气。奇气也可叫作"创造力"。我们想做一个不平凡的人，就靠这种创造力做骨子。但创造力培养于思想和生活里面。我们的思想，固贵能改造我们的生活，但我们的生活，也贵能改造我们的思想，这话是怎么说法呢？我们的思想要与生活打成一片，我们思想到哪里，生活便到哪里，当下思想，便当下生活，这才叫有思想的人。思想是给我们的"新意义"的；我们生在世界上，不需论年龄的多寡，但当论"新意义"的多寡。若是醉生梦死，虽活千百年也没有什么趣味，如果能日新又新，即是短命，亦大可创成特种样式的生活。所以"新意义"是最可宝贵的。这是就思想方面说。更就生活方面论之，我们的生活，贵能增加思想上的新佐证，更贵能开辟思想上的新天地。如果饱食终日，无所用心，这种人不仅生活平凡，而且会感着寂苦，因为无事的苦，比什么苦痛还要感着没趣，还要感着悲哀。我们在繁忙中的苦痛，苦痛之后，还可得着精神上的慰安，我们若感着无所事事的苦痛，那就不仅当时发生一种萧条落寞之感，而且即伴有世界将要快到末日的隐痛。我想无论何人，都容易发生这种情感的。至论到生活平凡，那便是陷我们的知情意各种生活不能发展的鸩毒。譬如既已饱食暖衣，则得衣得食的智慧不会发达，既无所求于人，则涵养感情磨炼意志的机会不生，试问这种人的生活如何能改造，更何能说得上影响到思想？如果要求一个不平凡的生活，那就要在生活上求多种样式的发展，把社会上生活的价值，都要重新加一番估定，把智、愚、贤、不肖、圣者、狂者、天才、白痴等一切社会上的评价，都要给他一个翻案，要是这种多面式的生活，才能补思想之不足，才能说得上由生活改造思想。这是就生活方面说。总之，思想与生活，须互做一种创造的事业。思想可以创造生活，生活也可以创造思想。古来不平凡的人，都莫不具有这种创造的要素。讲到这点，那就我们臧否人物，不可不另拿一种眼光对待了。

三、骨气。骨气也可叫作"偏"。我生平最主张"偏"，但偏要一偏到底方有价值，若是庸庸碌碌的"中"，那是最可鄙视的。中庸的中，与庸碌的中是绝对不同的，能将中字坚持到底,这个中也是偏的中。偏的精神,任在何种有价值的学问里面,都可看得见。譬如学哲学的人,总离不了唯心论唯物论各种派别;唯即是偏。唯心论是说宇宙的本体是精神,凡物质的现象,都不外是精神作用,这就是偏于精神方面;唯物论是说宇宙的本体是物质,凡精神的现象,都不外是物质作用,这就是偏于物质方面。又譬如佛学上所主张的万法唯识,就是说一切万有都由识所造,这又是出于一种偏的精神。总之,无论哪种学问,没有不是拿定偏的精神做标帜。所以学术能偏到底,那种学术才有精彩,才有独到之处。我们做人,亦复靠这个偏字做骨子。偏就是个性。各人因遗传、环境、教育等的不同而成功各人的个性,我们发挥这种个性,就成功一种人格。反之,如果破坏这种个性,就无异破坏一种人格,换句话说,如果损伤我偏的精神,就无异损伤我的人格。所以偏字在我们人格上是发生绝大的意味的。一个人的中途变节,就明明是他那种偏的精神不能拿定,偏的精神一经消失,则凡随俗浮沉与时俯仰的乡愿式生活,便都无所不为。所以偏的功夫极为重要。能偏则不陷入矛盾,我且举一个有趣味的例以证明此语。我有一友好吃素,我偏吃荤。我问他说,什么是素,什么是荤?他答有生物为荤,无生物为素。更问什么是有生,什么是无生?他答有知觉为有生,无知觉为无生。更问剪你(指友)的头发和指甲,你必以为无知觉,若劈你的头,则你有知觉;剪草木的枝叶,固无所谓知觉,若伐其条干,焉知它无知觉呢?且生物的范围很大,人是生物,动物微生物,都是生物,若持不杀生之戒,设微生物群集目中,将任其繁殖等待目瞽呢?还是杀尽微生物,而保持目明呢?这便不免陷入于矛盾。于是友人反诘我说,人是生物,动物亦是生物,你吃动物,何异吃人,人可吃吗?我答他说,人也可吃,但求有益于人类;如昔张献忠将屠城,对某僧说,你(指僧)若吃人,则全此城,你若仍吃素,则立屠此城,设你处某僧地位,将吃人而全此城,还是吃素而待城屠呢?你要说当然吃人,我想诸君这个时也都说要吃人,则人明是可吃的了。这是拿饮食来说偏字。诸君由此可知道偏字的精神;可不必问吃荤吃素,但求吃后有益无益,如有益于人类,虽吃人不辞。这便是偏到底的精神。总之,偏里面确有无穷意味,不过我们每为成见所蔽,不肯设想到一般所反对的东西里面能找出一种意义而已。

四、义气。义气也可叫"愚忠"。我生平认愚忠是人生莫大的美德。愚忠是走的一条笨路,但笨路是靠得住的,不会走错的,捷径虽可走,却不如笨路靠实。所以尽愚忠绝不会上恶当。愚忠不仅施于人类,即对于学术亦宜尔。如演习数学题目,我们须抱一片愚忠,从演题最初至最末,逐加练习,方有心得;但天资较高的人,每于习题中,选几个较难的去演习,其较易的则略去,卒之,演题中的要点,随手遗忘。这便由于对数学未尽愚忠之故。所谓义气,只择其宜,事果宜行,即便行去,见义不为,是谓无勇。所以好侠任气的人,他的行事,每出于人之所不知,这即所谓愚忠。人不知而独能行义,这便是道德的最高境界。关于这上面的话,我国伦理学书中阐发最详,恕不具引。

以上所述剑气、奇气、骨气、义气四项，可以说是我个人的信条。我认为真我的修养，要当从这四气入手。因为这四气都是注重意志之磨炼，而由上述知真我——主我——为能充分表现意志之物，则由这四气以修养真我，真我当益能发挥的于圆满之域。真我若不能积极地发挥，完全听凭客我行动，是谓之堕落。通常称嫖赌吃着为堕落，实则嫖赌吃着尚不得谓之堕落，而真我丧亡，乃为真堕落。我们自省如果一种行动，不是由真我去决定的，都可说是在堕落中讨生活。真我关系人生之大如此，深望青年三复思之。

图书在版编目(CIP)数据

李石岑：真我如何修养 / 李石岑著. -- 北京：中国文史出版社，2025.5
(百年中国名人演讲)
ISBN 978-7-5205-4304-0

Ⅰ. ①李… Ⅱ. ①李… Ⅲ. ①演讲-中国-现代-选集 Ⅳ. ①I266

中国国家版本馆 CIP 数据核字(2023)第 180468 号

责任编辑：薛媛媛

出版发行：	中国文史出版社
社　　址：	北京市海淀区西八里庄路 69 号院　邮编：100142
电　　话：	010-81136606　81136602　81136603（发行部）
传　　真：	010-81136655
印　　装：	廊坊市海涛印刷有限公司
经　　销：	全国新华书店
开　　本：	880×1230　1/32
印　　张：	6　　　　字数：112 千字
版　　次：	2025 年 5 月第 1 版
印　　次：	2025 年 5 月第 1 次印刷
定　　价：	49.80 元

文史版图书，版权所有，侵权必究。
文史版图书，印装错误可与发行部联系退换。